LE FAUX AMI,

DRAME

EN TROIS ACTES,

EN PROSE.

PAR M. MERCIER.

A PARIS,

Chez LEJAY, Libraire, rue Saint-Jacques,
au-deſſus de celle des Mathurins, au grand
Corneille.

M. DCC. LXXII.

PERSONNAGES.

Monsieur MERVAL, homme de robe.

Madame MERVAL.

Mademoiselle CORBELLE, sœur de Madame Merval.

JULLER, Célibataire.

NERVILLE, Cousin de Monsieur Merval.

Le petit MERVAL, âgé de sept ans.

UN DOMESTIQUE.

La Scene est à Paris, dans la maison de M. Merval.

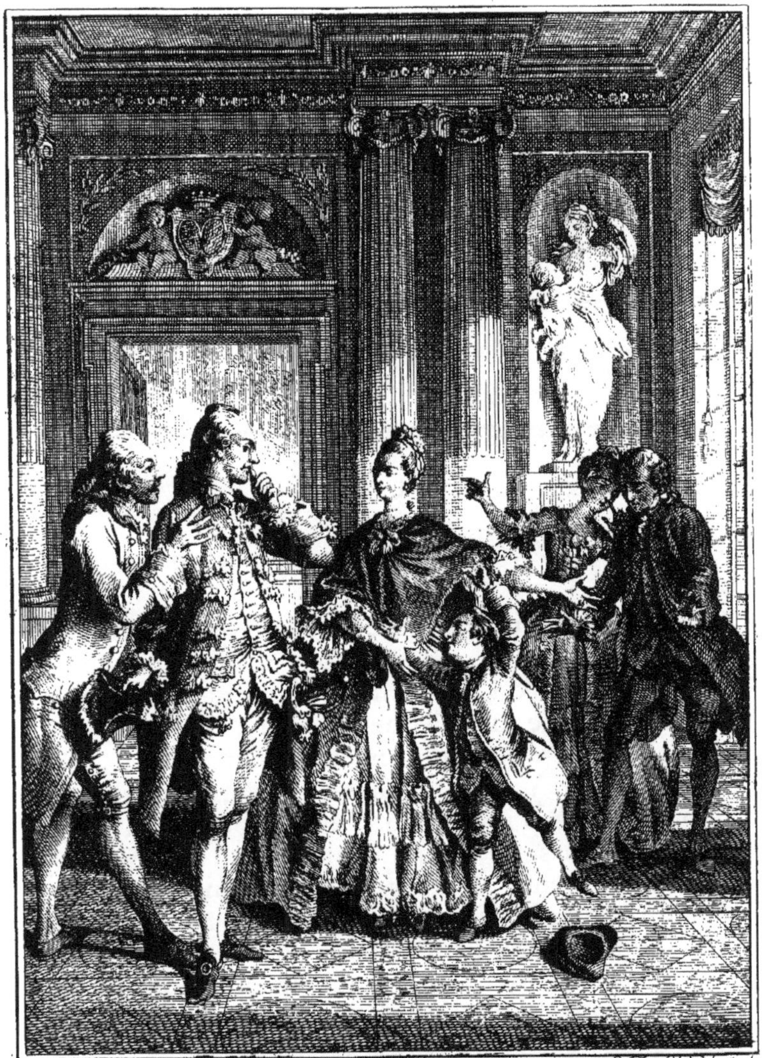

C. p. Marillier. inv. | E. De Ghendt. sculp.

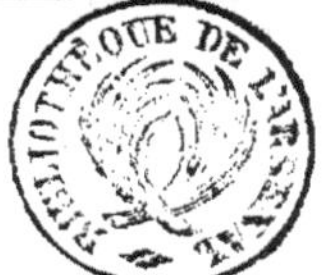

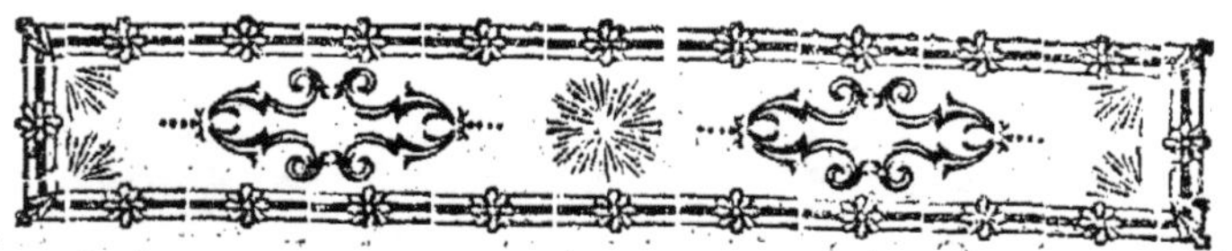

LE FAUX AMI,

DRAME.

ACTE PREMIER.

SCENE PREMIERE.

MERVAL. (*Il eſt en robe de chambre & ſe promene.*)

Je ferai mieux ici qu'auprès d'elle.... Tâchor s
de nous poſſéder.... Remontons à la ſource de
nos querelles ; & voyons là , ſans prévention de
ma femme ou de moi, lequel a tort : c'eſt elle....
oui, c'eſt elle .... aſſurément, c'eſt elle .....
(*En ſoupirant.*) Cruel examen ! Ah ! lorſque je
ſoupirois après l'inſtant qui devoit nous unir, je
ne penſois pas qu'un jour viendroit.... Mais
quoi ! me repentirois-je des liens que j'ai formés ?
Voudrois-je les briſer s'il étoit en mon pouvoir ?...
Non, non .... Je l'aime donc encore.... Ah !
ſi je ne l'aimois pas, mon cœur éprouveroit-il le
tourment qui le déchire ? (*Il s'aſſied & porte la
main à ſon front, comme pour rêver en ſilence.*)

A

SCENE II.

MERVAL, JULLER.

JULLER, (*entrant & lui frappant sur l'épaule.*)

EH bien ! Que fait donc-là notre ami ? A qui
en a-t-il avec cet air rêveur ? . . . Oh ! pour le
coup voilà bien le tableau des charmes du mariage. Ces Epoux, quand ils se levent le matin
avec leur grand bonnet de nuit, ils font une mine...

MERVAL.

Mon Dieu, Juller, laisse-moi. Je n'ai ni sujet
ni envie de rire. Jamais je n'eus plus besoin de
repos.

JULLER.

Oh ! te voilà, te voilà à merveille. Lorsque
Monsieur se promene au milieu de ses belles pen-
sées , il seroit fâcheux de le troubler en si bonne
compagnie. Il faut respecter les graves méditations
d'un pere de famille . . . . Eh bien, tu peux rêver
à ton aise ; je te souhaite le bon jour.

MERVAL, (*l'arrétant.*)

Eh non ! demeure . . . . Mais ne viens point aigrir ma tristesse par une joie déplacée.

JULLER.

Veux - tu que je boude aussi ? Soit . . . . Eh je
veux te dissiper, te distraire . . . .

MERVAL.

Je le crois .... Mais à quelle heure êtes-vous donc rentrés ce matin ? Tu promenes donc comme cela toute la nuit notre petit coufin. C'eft un honnête garçon ; ne vas point le gâter. Nerville a rapporté de fa Province cette candeur qui s'y eft réfugiée : voudrois-tu l'engager dans ce tourbillon qui lui feroit tourner la tête... Pour toi , tu as pris ton pli ; tu feras toujours un vaurien .... aimable.

JULLER.

J'ai conduit Nerville , dans ces jours de fêtes , au milieu de tous ces bals qui fe fuccedent & s'éclipfent , parce qu'il faut qu'il voye tout : va , le pauvre garçon n'eft pas né pour la fatigue du grand monde. La quiétude fera fon lot. Il eft allé fe repofer depuis une heure ; moi je venois paffer mon fommeil avec toi ; car je n'aime gueres à dormir : c'eft du tems perdu.

MERVAL.

Mais feroit-il mieux employé à courir la nuit ? Quel goût trouves-tu dans un train de vie fi bizarre ? ... Et Nerville a du plaifir ?

JULLER.

Son goût tarde à fe former .... Je ris encore de tout mon cœur , lorfque je fonge au fingulier contrafte que fa mine philofophique faifoit avec le ton de nos délicieufes orgies.

MERVAL.

Pour moi , je l'en eftime davantage.

JULLER.

Je veux qu'il connoiſſe ſon Paris. Ce n'eſt pas pendant le jour que l'on voit ce qu'il y a de plus curieux. Ah ! mon ami, quelle ville ! Il y a beaucoup de gens qui y vivent ſoixante années ſans ſoupçonner les merveilles qui les environnent.

MERVAL.

Je ſuis peut-être de ces gens-là ?

JULLER.

Tu l'as dit. Il n'y a que deux mois que Nerville nous eſt arrivé , & je gagerois qu'il eſt déjà plus au fait que toi, ſur le local & ſur mille particularités . . . .

MERVAL.

Nerville ne pourroit-il pas échanger toutes ces belles connoiſſances contre d'autres plus utiles , plus importantes , & pour leſquelles ſes parens l'ont envoyé préciſément en cette capitale ? Les Arts, par exemple, mériteroient de l'emporter ſur toutes ces frivolités dont tu l'occupes.

JULLER.

Les Arts auront leur tour ; mais au fond, que font-ils ſans la connoiſſance du monde ? Privé de cette étude préliminaire , on n'a la clef de rien. Que de ſots ſavans ! Tu ignores cette chaîne continuelle de petits plaiſirs qui renaiſſent à chaque inſtant. Soupers fins ; rendez-vous ; doubles intrigues menées de front & filées à bas bruit ; déſeſpoir de femmes , leurs plaintes , leurs jalouſies,

DRAME. 5

leurs lettres, leurs querelles, l'histoire du jour si variée, si amusante....

MERVAL.

Et l'on peut s'occuper sérieusement de ces bagatelles !

JULLER.

Merval; vous êtes un fort honnête homme, mais vous n'avez pas vécu.... Tu n'as payé aucun tribut aux mœurs du siécle....

MERVAL.

Et je ne m'en repens point.

JULLER.

D'accord.... Dès ta jeuneſſe l'himen s'accommodoit avec ton caractere naturellement grave & sérieux : il te falloit une conduite paiſible & monotone : ton bonheur fut d'être lié à tes devoirs ; ta volupté, d'être l'eſclave de la chere Madame Merval ; tu portes ſes chaînes preſque avec orgueil. Vous imaginez vrai tout ce que vous dites enſemble : vous prenez vos rêves pour des réalités : vous êtes heureux à votre maniere ; mais, crois-moi, c'eſt faute de connoître d'autres plaiſirs. Tu n'as point joui, mon cher, tu n'as point joui.... Si tu voyois comme moi l'intérieur de chaque maiſon, comme chacun ſe joue tour-à-tour ; femme, époux, fille, pere, mere; c'eſt une comédie toujours renaiſſante ; & le moyen de s'ennuyer ſur la brillante ſcene du monde, ſur ce théâtre ſi fertile en perſonnages changeans.

A iij

MERVAL.

Le bal t'a un peu échauffé .... Quoi! chaque
maison t'offriroit un pareil scandale !

JULLER.

Oui, d'honneur ; excepté la tienne.

MERVAL.

Grand merci de la grace fignalée que tu veux
bien me faire.

JULLER.

Remercie le Ciel qui t'a donné en partage la
plus vertueuse des femmes. Je penfe que c'eft
pour toi tout exprès qu'il l'a formée. Avoue que
c'eft la plus infigne faveur qu'il ait pu t'accorder ;
car fi la chere Madame Merval eût été pétrie comme les autres ; oui, je gage que tu ferois homme à
faire du bruit, & tu conçois bien qu'on te riroit
au nez.

MERVAL.

S'il y a une exception pour moi, pourquoi n'y
en auroit-il pas pour d'autres ?

JULLER.

C'eft que le cas eft fi rare, fi rare, qu'il eft
prefque unique. Je connois un peu le monde. Sur
quelque femme que tu arrêtes les yeux, fois fûr
qu'il y a ample matiere à compofer de jolis petits
contes, mais tout-à-fait moraux. Que de fecrettes
avantures couvent dans le fein de cette jeune fille
qui marche le regard baiffé & d'un air fi modefte !
Elle paroît tranquille, ingénue, & fa main fa-

vante ourdit une trame amoureuſe, travaillée de mille fils ſecrets qui ſe croiſent & ſe répondent : cette autre femme ſemble n'avoir des yeux que pour ſon mari, l'idolâtrer; cette apparence n'eſt dans la ſociété qu'un *domino* dont on eſt convenu de ſe couvrir. Toute l'adreſſe conſiſte à le dépoſer ſubtilement, à le reprendre de même. C'eſt peu ; je connois plus d'un mari dont l'artifice ſurpaſſe celui de ſa femme : il trompe la perfide avec un art ſupérieur au ſien. C'eſt-là un vrai chef-d'œuvre ; qu'en dis-tu ?

M E R V A L.

Beaux portraits de pure imagination !

J U L L E R.

Si je te nommois avec qui nous nous ſommes rencontrés cette nuit, & la découverte que nous avons faite . . . . Mais non. Où eſt la femme qui n'ait pas le ſecret d'éloigner ſon mari à propos , de le rappeller ſelon ſes vues ? De ſon côté il entend fort bien ce que cela veut dire : il trouve des dédommagemens : il faudroit être bien ſot pour mourir victime de cette fidélité, qu'un moment de frénéſie a fait promettre ſi ſingulierement, & qu'on a enſuite tout le tems de ſa vie pour abjurer à loiſir.

M E R V A L.

Tu ne finiras pas ſitôt : te voilà retombé ſur le chapitre du Mariage.

J U L L E R.

Que n'es-tu venu hier avec nous ? Que n'as-tu

préféré ce bal étincellant à l'uniformité du lit conjugal ? Que de folies heureuſes ! Quel déſordre ! Quel tumulte charmant !

M E R V A L.

Je n'ai rien de caché pour toi. J'eus hier certaine criſe avec ma femme. La quitter dans ſes momens d'humeur auroit été aggraver l'affaire.

J U L L E R, (*riant.*)

L'excellent mari ! Il falloit abſolument te raccommoder avec elle le ſoir même, afin qu'une autre fois elle ſe mît dans le cas du raccommodement. Ce que c'eſt que l'himen ! On ſe boude ; on ſe querelle, & le tout pour mieux accomplir ſes devoirs.

M E R V A L.

Tu me déſoles avec ce ton léger : c'eſt d'un ami ; c'eſt d'un confident ſenſible dont j'ai beſoin...

J U L L E R.

Ah ! je vous attendois là ; je vous y prends.... Pourquoi m'avoir dit tantôt, laiſſez-moi ; je ſavois bien que ce cœur demandoit à s'épancher. On vouloit cependant être ſeul : on n'a qu'un ami ; il eſt de trop.

M E R V A L.

Pardon.

J U L L E R.

Tu ſais que je plaiſante volontiers ; mais qu'ami ſincere & vrai je prends un vif intérêt à ce qui te regarde. Si je donne carriere à mes folies, c'eſt parce que je t'aime, & que ce cœur t'eſt bien connu.

MERVAL.

Sois toujours mon ami.

JULLER, (*avec ſentiment.*)

Eh bien, révele-moi donc le ſujet de tes peines.

MERVAL.

La plaie qui me fait ſouffrir eſt ſi ſenſible, qu'on ne peut y toucher ſans que je gémiſſe. Non, Juller, non, je ne comprends pas ce déſordre de mœurs dont tu me parles. Tu veux que je m'amuſe de ces trahiſons honteuſes. Tu as beau accumuler les exemples, ils ne juſtifient point les coupables, & je ne les crois point en auſſi grand nombre que tu le ſuppoſes. Quand ce ſeroit une vérité, il faudroit la taire, l'enſevelir. Pour moi, j'ai toujours ſuivi le bonheur en ligne droite. J'ai cherché, j'ai béni le lien conjugal ; il m'uniſſoit pour la vie à celle que j'aimois, que j'eſtimois. Si la loi n'eût pas exiſté, je l'aurois créée pour aſſurer mon entiere félicité. Je n'ai jamais trouvé de loi plus ſimple, plus raiſonnable, plus digne d'être reſpectée. Tout y flatte les intentions ſecrettes de mon cœur ; mais, dis moi, pourquoi mon attente eſt-elle trompée ? Je défiois le ſort de nous ôter l'amour, & ce n'eſt qu'à préſent que je reconnois quelle étoit ma préſomption. Quoi, le plus doux ſentiment de notre être eſt ſujet à s'éteindre ! Ce flambeau ſi brillant & ſi pur pâlit & ne jette plus.

qu'une foible lueur ! L'aurois-je cru, dans les premieres années de notre mariage, que ces feux si vifs devoient être un jour altérés. Je l'aime toujours ; elle paroît encore m'aimer ; qu'avons-nous donc à nous plaindre toujours l'un de l'autre ? Quel est le démon qui nous suscite à chaque instant de nouvelles querelles, & cela sur un rien, absolument sur rien ? D'une parole à l'autre, allons, nous voilà partis, brouillés . . . . Il y a un an que nous vivions dans une meilleure union. Dis-moi, mon cher, lorsque tu nous fis le plaisir de venir demeurer sous le même toît, d'augmenter notre société des charmes de ton esprit, elle étoit encore bien loin du point où elle est parvenue . . . . Si cela va en continuant, tu verras un homme au désespoir.

J U L L E R.

Mon ami, je vais t'affliger, je le sens ; mais dois-je taire la vérité ? Tout charme cesse. Le tems, par une loi plus forte que nos sermens, a un effet inévitable sur nos cœurs comme sur le reste de la nature. En émoussant la pointe du plaisir, il rallentit la tendresse, rend au caractere sa pente naturelle, le dépouille de sa sensibilité primitive. Le tems, destructeur impitoyable, éteint tout, affection, amitié, & jusqu'à l'amour des peres pour les enfans . . . .

M E R V A L.

Tu me fais frémir !

J U L L E R.

L'Amant le plus passionné cherche dans son

cœur flétri un refte de tendreffe, & furpris de lui-même, ne le trouve plus.

M E R V A L.

Quoi, je perdrois par degré un fentiment plus précieux que la vie !

J U L L E R.

Il faut t'y attendre . . . . Sois Philofophe.

M E R V A L.

Non, fi pour l'être il faut être infenfible.

J U L L E R.

Tu as bu dans la coupe de la volupté . . . . le vafe eft à fec. Plus raifonnable, cherche ailleurs le plaifir ; un peu de diverfion peut le faire renaître. Ris des tracafferies de ta femme ; ne te brouilles pas à demi, rien n'eft plus dangereux. Une rupture décente, polie & ménagée vous mettra tous deux fort à votre aife. Il viendra bientôt un âge où vous vous raccommoderez à coup fûr.

M E R V A L.

Tu me connois mal. Je ne puis vivre fans l'aimer . . . . Va, fois bien affuré qu'il ne fera pour moi aucun plaifir dans le monde, tant que nous ferons éloignés l'un de l'autre.

J U L L E R.

Je voulois voir fi ton amour étoit à toute épreuve. Il eft d'un tempéramment robufte ; (*avec un fourire forcé.*) j'en fuis enchanté, ravi.... Va, oublie ce que je t'ai dit ; aime toujours ta femme. Le meilleur moyen, cependant, feroit de te diſſiper, de la quitter quand la mauvaiſe humeur la ſaiſira ; de revenir à elle le front gai , ouvert , content, radieux, comme s'il ne s'étoit rien paſſé .... Te voyant moins ſenſible , elle ſera plus circonſpecte.

MERVAL.

Mais, dis-moi ; je trouve un plaiſir ſecret à pénétrer dans ſon cœur, à remonter à la ſource de nos débats, à diſcuter ce point intéreſſant. Ah ! ſi je pouvois une bonne fois la convaincre de ſes torts ! ...

JULLER.

Eh bien ?

MERVAL.

Je lui ſacrifierois les reproches que je ferois en droit de lui faire ; elle ſentiroit ....

JULLER, (*feignant d'applaudir.*)

Oui, oui , c'eſt un ſentiment fort délicat, digne d'un Amant... Mais prends garde qu'elle ne devienne ton tyran ; car ſi la tête acheve de te tourner, tous mes conſeils n'y feront plus rien .... Allons , veux-tu faire un tour de promenade ?

MERVAL.

Je ne ſais .... Non.

JULLER.

Eh diſſipe-toi ... Veux-tu mourir d'ennui dans ta lugubre robe de chambre ?

MERVAL, (*d'un ton mélancolique.*)

Je ne fortirai point.... Nous nous rejoindrons tantôt. Nerville vient ; je me fens le cœur trop ferré pour parler à qui que ce foit. (*A Nerville qui entre.*) Bon jour, Nerville, bon jour ; nous nous verrons une autre fois. (*Il fort précipitamment.*)

SCENE III.

JULLER, NERVILLE.

NERVILLE.

VOILA un bon jour bien féchement prononcé. Il m'a coupé la parole .... Eft-ce moi qui caufe fa retraite ?

JULLER.

Non , je fais ce qui occafionne fon humeur,

NERVILLE.

Eh puis-je être de moitié ?

JULLER.

Tu ne devines pas ? ...

NERVILLE.

Comment, encore une nouvelle tracafferie ?...

JULLER.

Juftement.

NERVILLE.

En vérité, ce train-là me défole. Mais comment s'arrangent-ils donc .... Merval eſt cependant le meilleur homme du monde, le plus indulgent, le plus doux, le plus confiant, & ſa femme eſt honnête, complaiſante, affable ; enfin, elle eſt en tout point le portrait de ſa ſœur ; on ne ſauroit, je crois, faire de comparaiſon plus vraie, plus heureuſe, & tu ſais que Mademoiſelle Corbelle eſt jolie, ſpirituelle, charmante, douce, & ſi vive en même-temps ! Non, je n'ai encore rien vu qui me plaiſe autant qu'elle ; & tenez, toutes ces femmes que vous m'avez fait paſſer en revue, je ne ſais ; elles ont toutes un caractere d'effronterie qu'elles veulent en vain couvrir d'une modeſtie ſimulée. Leur artifice perce, leur âme échappe dans leurs regards, tantôt hardis, tantôt froids ou dédaigneux. Elles ne me plaiſent point. Ah ! qu'elle différence lorſqu'on rapproche d'elles, ces deux ſœurs .... Quelle différence !

JULLER.

Vous avez été bien long-tems à me faire cette confidence ; mais apprenez que malgré vos petites ruſes, vous n'avez point échappé à mon coup d'œil. Ah, ah ! te voilà donc ſérieuſement épris.

NERVILLE.

Oui, & je voudrois bien qu'elle m'aimât.

JULLER.

Je ne crois pas l'affaire bien difficile ; mais

toi, tu feras encore fort inept à remporter une victoire aifée.

N E R V I L L E.

Je n'ai d'autre fecret pour toucher un cœur, que d'aimer beaucoup.

J U L L E R.

En ce cas tu éprouveras des obftacles qui feront ton ouvrage. Tu n'es pas formé, & ces petites fillettes vous menent loin, furtout lorfqu'elles ont des Adorateurs de ton efpece.... Prends-y garde.

N E R V I L L E.

Je ne crains que de déplaire ; mais crois que je ferai l'impoffible pour être aimé.

J U L L E R.

L'impoffible !... L'expreffion eft plaifante.

N E R V I L L F.

N'eft-elle que plaifante ?... Tiens, Juller, je t'ouvre mon cœur avec franchife ; ouvre-moi le tien. Ne ferois-tu pas mon Rival ? J'en tremble de peur, & je ne te parle ainfi que pour me tirer de l'incertitude où je fuis... S'il étoit vrai qu'elle t'aimât & que tu euffes projetté de l'époufer, il m'en coûtera, fans doute, il m'en coûtera ; mais je faurai céder à ma fatale deftinée ; ainfi, ré-ponds....

J U L L E R, (*avec fatuité.*)

Non, mon ami ; heureufement pour toi, je ne fuis point ton Rival.

NERVILLE.

Embraffe - moi.... Je fuis au comble de ma joie, & tu feras déformais le dépofitaire de toutes mes penfées.

JULLER.

Tu le dois, & je l'exige... Nous autres hommes, dans nos mouvemens d'ouverture, nous ne nous faifons pas fcrupule de nous révéler mutuellement les fecrets des femmes. Il n'eft point d'indifcrétion à redouter. Le nom d'ami ne permet jamais à un galant homme de n'être pas difcret ; & d'ailleurs, nos projets font à-peu-près les mêmes.

NERVILLE, (*avec joie.*)

Tu veux auffi te marier ?

JULLER, (*froidement.*)

Non, mon antipathie pour le mariage eft fi violente, que deux Epoux, même heureux, me font pitié.

NERVILLE.

Tu t'abufes étrangement.

JULLER, (*riant.*)

Ecoute.... Oui, d'honneur.... Cela fe rencontre à merveille, & nous nous accorderons fort bien enfemble.

NERVILLE.

Je ne t'entends point.

JULLER.

J U L L E R.

Tu vois par toi-même combien cette chere Madame Merval eſt adorable. Quelques obſtacles ajoutent des charmes à ſa beauté ! J'ai des vues ſur elle . . . .

N E R V I L L E.

Des vues ſur Madame Merval ! Mais elle eſt mariée ; elle a ſon Epoux.

J U L L E R.

C'eſt juſtement a cauſe de cela. Nos Demoiſelles ſont fort aimables ; mais avec elles on éprouve des embarras ſans nombre, des accidens preſque inévitables ; & toi-même, avant peu, n'en ſeras peut-être que trop convaincu.

N E R V I L L E.

Mais aimer une femme mariée, c'eſt s'ôter toute eſpérance, c'eſt vouloir aſpirer après un bien dont un autre eſt le poſſeſſeur légitime. Te préſerve le Ciel . . . .

J U L L E R, (*lui faiſant ſigne & regardant autour de lui.*)

Prends garde . . . . Non . . . . Heureuſement perſonne ne t'a entendu. Comme on riroit à tes dépens ! Mais je ſerois obligé d'en rougir pour toi.

N E R V I L L E.

Et moi je crains qu'on ne t'ait entendu parler d'amour envers une femme auſſi reſpectable . . . . Où cela peut-il te conduire ?

B

JULLER.

Mon pauvre Nerville ! Je t'affigne à un an &
à pareil jour ; alors tu feras toi-même la réponfe ;
elle te divertira beaucoup.... Cependant tu as
rencontré plus d'une femme à laquelle on pouvoit
raifonnablement afpirer ; & pour le peu de tems
que nous avons été enfemble , je t'en ai fait connoître qui n'étoient pas douées d'une auftérité fa-
rouche.

NERVILLE.

De qui me parles-tu ? Sont-ce là des femmes
dignes d'être aimées ? On a beau dire ; toutes
celles qui n'ont pas un cœur honnête , fuffent-
elles pourvues des plus rares attraits , n'obtien-
nent à la fin que des mépris ; & Madame Merval ,
je penfe , eft bien éloignée de cette claffe ....

JULLER.

Sans doute , fans doute qu'elle eft l'honneur de
fon fexe ; mais en eft-elle moins femme ? Ce mot
dit beaucoup. Le Commentaire le plus long n'ef-
fleureroit pas la matiere. J'ai affez bien étudié fon
fexe , pour favoir qu'il ne fe connoît pas lui-
même.

NERVILLE, (*ironiquement.*)

Et tu le connois mieux , toi ?

JULLER, (*d'un ton important.*)

Oui , la femme eft ce que nous la faifons.

NERVILLE, (*en le badinant.*)

En ce cas , tu perds bien du tems & des paroles !

Cette nuit, que d'extravagances infructueuses je t'ai vu faire ! Comme tu te tourmentois ! Et tu crois que les femmes ajoutent foi à toutes ces fima-grées.

J U L L E R.

Lorſque je les badinois ; que je les plaiſantois ; que je leur faiſois un ridicule de leur pudeur, ne les as-tu pas vues toutes rougir : c'eſt par ces petits riens qu'on familiariſe les femmes avec l'habitude de céder à nos deſirs.

N E R V I L L E.

Tu meurs d'envie de t'étendre fur le chapitre de tes exploits.

J U L L E R.

Mais je ne puis dire à une femme que je l'aime, qu'elle ne me croye. Elles trouvent tant de plaiſir à être aimées, qu'elles ſouffrent volontiers des hommages équivoques, pour peu qu'elles les in-terprêtent comme un effet de leur beauté. Celle même qui ne veut appartenir qu'à un ſeul, aime à être recherchée de pluſieurs, & la plus ſage n'a jamais pu ſe réſoudre à détruire d'un ſeul coup l'eſpoir de ſes Adorateurs.

N E R V I L L E.

Tous ces diſcours ingénieux ne gâteront jamais dans mon eſprit le tableau que je me ſuis fait d'une union heureuſe où régneroit cette confiance mu-tuelle, inviolable, qui rapproche deux cœurs. Je ne crois pas que la volupté puiſſe habiter avec le crime : ce ſont deux choſes incompatibles, abſo-lument incompatibles.

JULLER.

N'eft-ce point là la morale avec laquelle tu donnas dernierement des vapeurs à fix femmes ? Toutes déferterent la place, & toi feul n'apperçus pas l'ennui dont tu étois la caufe.

NERVILLE.

Peu m'importe de déplaire à des femmes amou- reufes de futilités, à de franches coquettes . . . .

JULLER.

Avec quels yeux les as-tu obfervées, pour ofer aflurer qu'elles ne le font pas toutes. Il n'en eft pas une qui n'ait fon genre de prétention ; & la pe- tite Corbelle, avec fa vertu d'apparat, fi elle étoit conduite avec art & préparée par degré au dernier enchantement, ne réfifteroit pas au tranf- port d'un Amant aimé.

NERVILLE.

Tu te trompes : fa pudeur ne ment pas ; elle eft bien vraie, bien facrée : on diroit qu'elle n'a ja- mais fongé qu'elle eft belle.

JULLER.

C'eft la fureur des femmes de vouloir paffer pour infenfibles aux yeux de leurs Amans. J'ai fouvent obtenu les plus précieufes faveurs, tout en les accufant de cruauté . . . Ufe de ma recette, & tu verras par expérience qu'il y a à y gagner de toute façon.

NERVILLE.

Qui, moi ? Je pourrois faire fon bonheur & le

mien, & je méditerois fa ruine! Non, je ne ferai point affez faux, affez perfide pour exciter la tendreffe d'une fille fenfible & fage, & pour l'avilir enfuite pour prix de fa confiance.

JULLER.

La perfidie! Quel terme! Et tout cela n'eft qu'un jeu.

NERVILLE.

Quoi! le deshonneur d'une femme, la difcorde d'une maifon, le défefpoir d'un honnête homme trompé.... Ce font-là des objets plaifans?

JULLER.

Mais elles y confentent. Il faut être de fon fiécle : l'efprit dominant fait loi.

NERVILLE.

Et l'amitié, la réligion, l'honneur feront comptés pour rien?

JULLER.

L'amitié, la religion, l'honneur..... Oh! finis avec tes grands mots. Ces conventions humaines font des conventions factices ; & le cœur né libre, ne fait point les reconnoître?

NERVILLE.

Il le doit. Il eft un frein néceffaire, utile à la fociété, fait pour affurer à chacun fon bonheur en paix, & furtout fans remords.... Si tu avois des principes.

B iij

JULLER.

Tu es bien bifarre avec tes grands principes ! Allons, mets-les en évidence, nous en verrons les fruits. Suis ton aventure avec la petite Corbelle.... Elle te menera jufqu’au facrement, je t’en avertis.

NERVILLE, (*avec nobleſſe.*)

Ce n’eſt point-là ce que je redoute.

JULLER.

Oh! cela fera beaucoup d’honneur à ta fagacité.

NERVILLE.

Avant tout, je me pique d’être honnête homme.

JULLER.

Elle a de certains yeux gris.... Crois-moi, ne te preſſe point de devenir fon Epoux : c’eſt un paâte cruellement litigieux que celui qui embraffe toute la vie ... Toute la vie ! fonge donc.

NERVILLE.

J’y fonge fort bien ; & plus j’y fonge, plus je trouve qu’il n’eſt point de tréfor au-deſſus de la poſſeffion de celle avec qui je defire d’unir à jamais ma deftinée.

JULLER.

Mais tente un peu l’avanture, quand ce ne feroit que par curiofité. (*Nerville s’éloigne.*) Tu ne veux plus m’écouter ?

NERVILLE.

Tranchons-là. Nous avons deux ames bien dif-
férentes. J'aime cette chere Corbelle plus que moi-
même. Je n'uferai point de deffeins artificieux. Je
ne faurai que la refpecter & ne voudrai que chercher à lui plaire, à m'en faire aimer. Tant que la
fœur n'aura point trahi la foi qu'elle doit à fon
Epoux, je croirai à la vertu, & j'y croirai longtems.

JULLER.

Et fi je te rends incrédule?

NERVILLE.

Avoue que tu es affez avantageux.

JULLER.

Mais on fe connoît.... Si je t'annonçois fa
défaite?

NERVILLE.

Sa défaite!.. Vifionnaire!.. Va, je ne doute point
qu'elle ne te force à des fentimens conformes à
la probité, & je ris d'avance de l'embarras où te
jettera ton extravagante fatuité.

JULLER, (un peu déconcerté.)

Je veux te rendre faux Prophete. Tu ne recu-
feras peut-être pas un fait.... Mais j'entends Madame Merval. Laiffe-nous, & vas mettre le tems
à profit près de fa chere petite fœur.

NERVILLE.

Avant toi, mon cœur m'avoit ordonné d'y
voler.

SCENE IV.

Madame M E R V A L , J U L L E R.

Mme M E R V A L (*entre fur la fcene inquiete & rêveufe.*)

JE croyois le rencontrer ici.

J U L L E R , (*faluant Madame Merval.*)
Madame, vous cherchiez . . . .

Mme M E R V A L.
Bonjour, Monfieur Juller ; l'avez-vous vu ce matin ?

J U L L E R.
Qui ?

Mme M E R V A L.
Qui ? vous favez bien.

J U L L E R.
Ah ! oui, Merval ?

Mme M E R V A L, (*foupire.*)
Vous n'êtes donc pas reftés enfemble ?

J U L L E R.
Non ; il falloit tout de fuite voler à une petite maifon de campagne, pour je ne fais quelle partie

de plaisir. Je ne connois point d'homme qui ait des goûts plus changeans.

Mme MERVAL.

Mais, est-ce qu'il n'avoit point l'air chagrin, le ton sombre ?

JULLER.

Bon ; il rioit à gorge déployée. L'air chagrin ! oh ! ce n'est point là la phisionomie qu'il porte avec nous.

Mme MERVAL.

(*A part.*) Le traître ! Après nous être quittés avec autant de froideur.

JULLER.

Il faut que vous l'ayez rendu bien heureux, bien satisfait ; car, je vous dis, il étoit d'une gayeté . . .

Mme MERVAL.

(*A part.*) Est-il possible ! . . . Et vous ne savez pas où il est allé ? Pardon, Monsieur Juller ; mais vous l'accompagnez ordinairement. Oh ! je n'aime point quand il s'en va seul & fâché.

JULLER.

Comment fâché ! encore ?

Mme MERVAL

Oui, Monsieur Juller ; & chaque jour ne luit que pour m'affliger davantage.

JULLER.

Mais sa joie étoit donc simulée.... Ah ! Madame,

qu'il m'eſt cruel de voir la méſintelligence qui
régne ici ! Vous ? faite pour rendre un homme
fortuné, vous ne l'êtes pas. Je vous dirois . . . . .
mais l'amitié me force à me taire.

Mme MERVAL.

Dites-moi par quelle contrariété deux Epoux
que tout ſemble avoir réunis pour s'aimer juſqu'au
dernier inſtant de leur vie, travaillent chaque jour
à ſe déſunir, & cela malgré une certaine voix ſe-
crette qui les rappelle ſans ceſſe l'un vers l'autre...
Monſieur Juller, vous êtes ſon ami.

JULLER.

Oui ; mais je ne m'aveugle point ſur ſes défauts.

Mme MERVAL.

Il en a donc ?

JULLER.

Je lui ſouhaiterois, entre nous, un cœur plus
riche en ſenſibilité. Il manque d'une certaine déli-
cateſſe qu'on ne doit pas toujours attendre d'un
mari, il eſt vrai ; mais dont il ſeroit redevable envers une femme de votre mérite. Je lui ai fait ſen-
tir cela plus d'une fois.... Mais il n'écoute pas volontiers ce qu'on lui dit à ce ſujet ... Je voudrois
qu'il eût mon cœur ; il ſentiroit ce qu'il doit au
rare aſſemblage de vos perfections.

Mme MERVAL, (eſſuyant une larme.)

Je vois tout ; mais je garderai le ſilence . . . .
C'en eſt fait, Merval ne veut plus rien être pour
moi . . . . Qui l'eût dit dans ces jours heureux où

il m'a donné tant de preuves de fon amour ! Jours
fortunés ! vous ne reviendrez donc plus . . . Une
autre a fu lui plaire. Je n'en doute plus ; mon malheur eft certain . . . . Il feroit inutile, Monfieur,
de vous interroger. Par un ménagement cruel,
vous me tairez la vérité ; mais fon infidélité eft
trop vifible pour que vous puiffiez la déguifer à
mes yeux.

J U L L E R.

Madame, il ne faut jamais ajouter foi à tous
ces rapports ; la calomnie les invente & les per-
pétue ; on doit toujours les fuppofer faux, pour
fa propre tranquillité. La vérité afflige, tourmente,
& ne guérit point la douleur.

Mme M E R V A L.

Ah ! je ne fuis que trop informée des deffeins
qui ce matin l'ont fitôt féparé de moi.

J U L L E R.

Cette partie qui étoit liée ? . . . Elle eft rompue.

Mme M E R V A L.

Il fe fait chaque jour un jeu de nos querelles :
elles pourront devenir plus férieufes qu'il ne l'i-
magine. L'ingrat ne connoît aucun ménagement.
Il fe plaît à aigrir la douceur de mon caractere. Je
fuis laffe de fes froideurs. Que dis-je ? Il ofe dans
certains momens affecter de la tendreffe.

J U L L E R, (*d'un air furpris.*)

Quoi, Madame !

Mme MERVAL.

Que je fuis malheureufe !

JULLER.

Je partage vos peines ; mais ce qui me défole, c'eft que vous vous rendez telle volontairement. Il faudroit un peu plus de courage, prendre un parti....

Mme MERVAL.

Et quel parti voulez-vous que je prenne ?

JULLER.

Vous avez un cœur qui s'eft fortement épris. Il y a du danger à trop aimer un mari, ou du moins à paroître l'aimer. Prenez un extérieur plus indifférent : vous le gâtez par vos careffes, par vos attentions fans nombre. On vous voit toujours livrée à mille inquiétudes déplacées. Votre tendreffe eft trop vive ; un mari s'y accoutume & reçoit comme un tribut, ce qui, plus habilement ménagé, deviendroit une grace précieufe.

Mme MERVAL.

O Ciel ! comment aimer & ne point livrer fon ame à l'effufion des fentimens dont elle eft remplie ? Comment contraindre des mouvemens fi doux ? Quel fera donc celui que je devrai déformais fixer avec tendreffe ? Où s'attachera ce cœur fenfible ? Qui fera mon ami fi ce n'eft mon Epoux ?

JULLER.

Vous vous êtes fait fur le mariage un fiftême peut-être trop élevé. Vous croyez à une tendreffe

éternelle & fans bornes. Mais de mille perfonnes
mariées, les trois quarts & demi, au bout d'un
an, ne font plus gueres liées que par l'eftime, par
un fimple attachement, par une amitié tranquille
& raifonnée. Si l'on confervoit la flamme & les
tranfports du premier mois, l'on tomberoit dans
un état dangereux ; & le cœur, à force de fentir,
s'épuiferoit & perdroit fon activité pour tout autre
objet.

Mme M E R V A L.

Ah! c'eft un effort bien cruel que de ne plus aimer celui qu'on a une fois choifi ! Il me femble
pour moi que je préférerois autant de ne pas exif-
ter, que de fentir mon cœur changé à ce point.

J U L L E R.

Que vous reviendra-t-il de vous livrer toute
entiere au chagrin, de vous abforber dans un
feul objet, de ne plus vivre que dans les larmes...
Il eft dangereux de fonder fon bonheur fur le
cœur d'un Epoux ; c'eft-à-dire, fur ce qu'il y a
de plus inconftant dans le monde.

Mme M E R V A L.

Je ne change point ; pourquoi feroit-il autorifé
à changer ? Mon cœur n'eft pas formé autrement
que le fien ; & fi je chéris la conftance, pourquoi ne la connoîtroit-il pas ?

J U L L E R , (*comme fortant d'une profonde rêverie*)

Employez un ftratagême innocent.... Feignez
de l'imiter ; cela pourra le ramener. Plus on ac-

corde à un mari, plus il s'attribue de droits nouveaux. Ils font tous des Defpotes altiers qui augmentent la fervitude des Efclaves de leurs caprices, à mefure qu'ils paroiffent plus foumis. Paroiffez vouloir vous dérober au joug, & il voudra vous retenir. Il s'endormoit dans le charme de l'abfolu pouvoir ; il s'éveillera pour fentir que le bonheur pourroit lui échapper, s'il ne s'appliquoit à le mieux mériter.

Mme M E R V A L.

Quoi, il ne m'aimeroit plus ! Eh ! qu'ai-je donc fait pour le rendre infidele ? Aurai-je recours à des moyens qui feront encore plus cruels pour moi que pour lui.... Non, cher Merval, tu dois régner abfolument fur ce cœur ! Malheur à toi fi tu abufes de ton empire ! Ah ! tu ne fais pas combien tu me fais fouffrir.... Pardon, Monfieur, j'ai befoin d'être feule. (*Elle fe retire.*)

S C E N E   V.

J U L L E R.

Elle revient toujours à Merval. Je ne puis voir ses larmes sans ressentir un dépit secret... Mais une femme aime à se venger d'un ingrat. Si j'ai bien étudié son cœur, elle ne connoît pas elle-même tout le fond de sensibilité qu'il renferme. Qui sait jusqu'à quel point peut varier une femme livrée à de si heureuses dispositions ?... Observons ses pleurs : mettons chaque soupir à profit. La douleur d'une femme est un véritable état de tendresse. Il vient un moment favorable ; & mon génie me serviroit mal, si je ne savois pas le saisir.

Fin du premier acte.

ACTE II.

SCENE PREMIERE.

Mademoiselle CORBELLE, NERVILLE.

Mlle CORBELLE.

EH quoi ! vous voilà encore ? Il n'y a qu'un moment, qu'à vos adieux, je vous croyois abfent au moins pour deux heures.

NERVILLE.

Auffi Mademoifelle il y a bien plus longtems que je vous ai quittée , je vous le protefte.

Mlle CORBELLE.

Oh ! point du tout , s'il vous plaît ; voyez plu-tôt ; (*elle regarde à fa montre.*) vous êtes parti à dix heures quinze , & je penfois . . . .

NERVILLE, (*avec vivacité.*)

Et que penfiez-vous ? achevez , dites . . . . Pen-fiez - vous que je pourrois revenir bien vîte . . . . Auriez-vous remarqué la minute de mon départ, ou celle de mon arrivée ? J'aime à m'abufer : j'ai-me à vous repréfenter à mon imagination telle que je voudrois vous voir. Non, je ne puis me

trouver

trouver content qu'à vos côtés. Ceft-là que je fuis bien. Il femble que le bonheur que vous enchaînez près de vous, faffe rejaillir fur moi fes plus purs rayons.

Mlle CORBELLE.

Voilà une belle image.

NERVILLE.

J'aurai beau les choifir, les affembler toutes, jamais je n'exprimerai qu'imparfaitement ce que mon cœur fent fi bien.

Mlle CORBELLE.

Patience : les louanges, les proteftations, les fermens même, vont bientôt couler de fource.... Oui, Monfieur Nerville, vous favez conter les plus jolies chofes du monde. Je me fais même quelquefois un plaifir de vous entendre. Je vous écoute avec intérêt ; mais parlez-moi avec franchife. Si mon cœur alloit ajouter foi à tous ces propos d'Amant, en vérité je vous amuferois trop, & votre rôle ne dureroit pas affez longtems. Je fais ce que je dois penfer ; ainfi je crois que nous pouvons l'un & l'autre continuer fur le même pied.

NERVILLE.

Quoi, vous voulez toujours me défefpérer... Oui, dites-moi plutôt une bonne fois : Nerville, vous me déplaifez ; je ne puis vous fouffrir ; jamais vous ne parviendrez à trouver le chemin de mon cœur : dites-moi cela, Mademoifelle, plutôt que de m'outrager, plutôt que de me croire du nom-

C

bre de ces vils Adulateurs qui se font un passe-tems
de feindre les plus beaux sentimens du cœur hu-
main. Je ne conçois point ces êtres faux qui osent
avouer une passion qui n'existe pas ; mais le men-
songe de leur cœur doit passer sur leur front . . . .
Voyez le mien ; appercevez - vous en lui quelques traits d'un vice si bas, si odieux, si révol-
tant ? . . .

Mlle C O R B E L L E.

Là , là , tout doucement ; comme vous allez....
Je vous redoute , au moins Je ne veux pas dis-
puter avec vous ; & j'aurai plutôt fait , je pense ,
de vous croire.

N E R V I L L E , (*lui baisant la main.*)

Charmante, adorable & seule amie de mon cœur !
Ah ! n'en doutez pas . . . . Je voudrois renfermer
un aveu , peut-être trop vif , trop précipité , &
toujours il s'échappe malgré moi. J'ai beau me
dire ; modere le penchant qui t'entraîne ; ne t'a-
bandonne pas tout entier à son charme , peut-être
hélas trompeur ; il faudroit savoir avant si tu es
aimé ; si ce cœur , que tu adores , consent d'être
à toi. Je ne puis imposer des loix au sentiment
qui me maîtrise. Il s'exprime dans ma voix, mon
geste , mes regards . . . . Dès que vous paroissez
mon ame entiere vole vers vous. Tout décele un
Amant passionné , vrai , sincere . . . . Méconnoî-
trez-vous l'empire que vous avez sur moi, ou
feindrez - vous de l'ignorer pour mieux me tour-
menter ?

Mlle C O R B E L L E.

Paix, paix... Mon Dieu, comme ces hommes

favent fe tranfporter ! . . . Je n'ai qu'une réponfe à vous faire. Il y a huit ans que ma fœur avoit mon âge ; j'ai entendu Merval lui tenir les mêmes propos. Je me fouviens de l'avoir vu près d'elle , la regarder d'un air . . . . là, tout comme vous me regardez , juftement, avec ces yeux là . . . . Eh bien , j'aurois répondu de l'union la plus parfaite, la plus durable ; ma fœur ne l'efpéroit pas moins. Elle croyoit à fon Epoux de la meilleure foi du monde ; elle eft devenue Madame Merval. Dites, vous êtes témoin aujourd'hui , auffi - bien que moi, des fcenes journalieres qui fe paffent : après cela , prononcez fur ce que je dois penfer de toutes les proteftations que fait un Amant.

NERVILLE.

Et pourquoi m'offrir une fituation qui nous feroit étrangere . . . . Ah ! mon cœur ne me trompe point. Je ferois trop fortuné pour que vous ne fuffiez pas heureufe. Le defir de votre félicité me dévore, me confume. Jamais le moindre nuage ne viendroit obfcurcir nos beaux jours. Près de vous , je défie la difcorde de nous approcher . . . . Elle ! défunir un inftant nos cœurs ! Non , non , cela n'eft pas poffible.

M.lle CORBELLE.

Tout auffi poffible qu'entre Merval & ma fœur, & je vous avoue que fon exemple me détourne un peu . . . .

NERVILLE.

Ah Dieu ! qu'entends-je ! Devois - je m'attendre à cette injuftice de votre part ?

Mlle C O R B E L L E, (*férieufement.*)

Et de quel droit vous plaignez-vous, Monfieur ?

N E R V I L L E.

De quel droit ? ... Ah la flamme la plus vive..

Mlle C O R B E L L E.

Merval en difoit autant ; Merval a changé, &....

N E R V I L L E, (*l'interrompant.*)

N'achevez pas .... Dites-moi, fon Epoux ne partage-t'il point ces défagrémens domeftiques ? N'eft - il pas de moitié dans fes peines, & pouvóns - nous prononcer lequel fouffre le plus ? Je ne fais quelle eft l'origine de leurs querelles ; mais tous deux en font les victimes. Croyez-moi; lorfqu'on eft uni par des liens fi étroits, les chagrins fe partagent comme les plaifirs. Tout eft commun ; & dès qu'on s'eftime, il faut rifquer la vie enfemble .... Vous me parlez de quelques jours orageux ; mais vous ne fongez pas au nombre de jours fereins qui les ont précédés & qui font prêts à renaître. Oui, ils renaîtront ; j'en fuis le garant. Deux cœurs honnêtes fe reportent l'un vers l'autre par un penchant invincible ; & fi quelque foibleffe momentanée les fépare, c'eft pour prêter un nouveau charme à leur réunion.

Mlle C O R B E L L E.

Voilà comme le pinceau fait tout embellir ; mais la réalité dément un peu cette illufion flatteufe, ce coloris trompeur .... J'en crois l'expérience.

N E R V I L L E, (*presque en colere.*)

Achevez, cruelle, de saisir un prétexte odieux
pour signaler votre indifférence. Achevez de dé-
sespérer un Amant qui ne respire que pour vous...
Mais vous riez.... Ce que je vous dis, Mademoiselle, est cependant très sérieux. Je vois trop
que vous ne m'écoutez que pour vous distraire....
Je suis désolé.

Mlle C O R B E L L E.

En vérité, vous n'êtes ni sage, ni ingénieux.
Pour mieux me convaincre de la douceur d'un
Epoux, vous commencez par me faire une que-
relle.... Que sera-ce donc ?...

N E R V I L L E.

Mais s'il vous en coûte tant de prononcer un
mot si facile à dire, favorisez-moi d'un signe de
tête.... Laissez-moi lire dans ces beaux yeux l'as-
surance de votre tendresse... Vous les baissés...
là, là, seulement un petit signe, & je suis le plus
heureux des hommes.

Mlle C O R B E L L E.

Votre bonheur dépendroit d'un signe de tête ?
Non, non, je ne le crois pas ; vous voulez m'aimer ; je ne puis vous en empêcher.... Conten-
tez-vous de m'aimer ; oui, aimez-moi bien. En
récompense je vous promets, si vous venez à me
déplaire d'être assez reconnoissante pour vous en
avertir sur le champ.... Etes-vous satisfait ?

N E R V I L L E.

Je pourrois l'être davantage.... Vous soulevez, vous appaifez mon ame à votre gré. Oui , vous êtes bien la fouveraine de mon être. Cette fuppofition que vous venez de faire , me chagrine un peu ; mais vous feriez bien ingrate , fi vous teniez contre la force du fentiment qui m'enchaîne à vous.

SCENE II.

Madame MERVAL, Mademoifelle CORBELLE, NERVILLE.

Mme MERVAL, (*en entrant.*)

Et vous l'écoutez, ma fœur !

NERVILLE.

Ah ! Madame.

Mlle CORBELLE.

Vous nous furprenez ainfi !

Mme MERVAL.

Tu rougis .... Va, chere petite fœur, à ton tour, à ton tour .... Voilà les momens que j'ai paffés & que je voudrois rappeller. Que ceux qui leur ont fuccédé ne t'arrivent jamais !

Mlle CORBELLE.

Et le fûr moyen de les éviter, eft de ne point fe lier au fort d'un fexe inconftant ; & qui d'entre eux ne l'eft pas ?

NERVILLE, (*A Mademoiselle Corbelle, du ton du reproche.*)

Toujours !

Mme MERVAL, (*à Mademoiselle Corbelle.*)

Ce n'eft pas cela que j'ai voulu te faire entendre, quoique je ne fois plus heureufe.

NERVILLE.

Vous n'êtes plus heureufe ? Eh ! quel Démon trouble votre félicité ? Quand on a connu celle du cœur, je ne faurois concevoir comment on peut vivre fans en jouir. Tenez, je n'ai point de foi à tous ces petits différens ; ils ne doivent être regardés que comme une ombre légerement diftribuée dans le tableau du bonheur.

Mme MERVAL.

Ah ! Monfieur, que votre fexe eft quelquefois cruel ! Je voulois que ce fecret mourut avec moi dans mon fein. Jufqu'ici j'ai eu la force de renfermer mes chagrins, de m'interdire toute plainte ; mais ce courage me manque.

NERVILLE.

Votre douleur fera bientôt un tourment pour l'ame noble de Merval.

Mme MERVAL.

Si vous faviez, Monfieur, ce qu'un cœur bien épris fouffre des tiédeurs d'un Epoux ; fes regards font moins affectueux ; fa voix, quand il me parle, n'a plus la même tendreffe ; l'indifférence a fuccédé aux attentions les plus paffionnées. Quelle

révolution ! Et la caufe en demeure toujours ca-
chée.

NERVILLE.

Merval eft un homme de bien : il vous a recherchée par amour : un tel fentiment une fois
conçu, ne s'altere point.

Mme MERVAL.

Tous mes vœux étoient jadis fatisfaits. Merval
étoit tendre & plein d'égards. Je jouiffois même
de l'avenir. Mais ce fonge charmant s'eft évanoui.
Plus de confiance ; fa conduite change de jour en
jour.

NERVILLE.

Eloignez de tels foupçons. Merval n'eft point
infidele. Croyez - vous que par l'entremife d'un
honnête homme il foit impoffible de vous rendre
votre Epoux ?

Mme MERVAL, *(fe jettant dans les bras de fa fœur.)*

Ma chere bonne amie ! L'amertume eft au fond
de mon ame . . . . Reçois un aveu terrible ! Nous
fommes peut-être fur le point de nous féparer.

Mlle CORBELLE.

Vous féparer ! ô Dieu !

Mme MERVAL.

Hélas ! croirois-tu que Merval me l'a prefque
fait entendre, & je ne te dis pas encore tout ; je
lui dois des ménagemens.

Mlle C O R B E L L E, (*pleurant à moitié.*)

Ma fœur! .. Ah Monfieur! ... Comme je haï-
rois votre fexe ... Tous les hommes peuvent être
des Merval.

Mme M E R V A L.

Ne dis rien contre lui, ne dis rien. Je l'aime, &
fes droits font toujours bien établis dans mon
cœur.

N E R V I L L E.

Oui, Madame, aimez - le toujours malgré fes
injuftices. Il connoîtra fes erreurs. Vous lui ferez
plus chere .... Ah! Mademoifelle, vous ne favez pas combien l'hymen a de puiffance fur un
cœur vertueux. Il peut s'égarer; mais il revient
plus tendre .... Non, un Époux fût-il un monf-
tre, ne pourra jamais haïr une femme qui n'aura
pas ceffé de mériter fon eftime.

Mme M E R V A L.

Et vous, Nerville, eft-il bien vrai que vous
puiffiez faire l'apologie d'un lien qui de jour en
jour femble devenir plus à charge à votre fexe :
ou vous aimez beaucoup, ou vous n'êtes pas fin-
cere.

N E R V I L L E.

Je le fuis : ce n'eft point un fentiment aveugle
qui me fait époufer une fi belle caufe. La plus faine
raifon la plaidera toujours avec avantage. L'himen,
de toutes les inftitutions, eft la plus fainte & la plus
digne d'être obfervée. Elle confirme le penchant de
deux cœurs fenfibles. Il leur eft impoffible d'ajouter

à ſes nœuds , & que peut deſirer de plus un honnête homme ? Il ſe trouve aſſujetti, mais c'eſt
pour être plus conſtamment heureux. La loi lui
donne le gage perpétuel de ſa félicité. La loi veille
à prévenir l'inſtabilité qu'un moment d erreur
pourroit faire naître. J'avois toujours entendu parler avec reſpeẗ de ce nœud ſacré. En arrivant
ici, jamais je ne fus plus ſurpris que de rencontrer une foule de petits perſonnages ironiques,
tranchans , qui logeoient des ames ſans vigueur
dans des corps efféminés; je les entendis déclamer
contre le plus auguſte des liens , le plus utile à la
ſociété. Fiers d'idées ſubtiles & non moins fauſſes,
ils ſe diſent Partiſans de la volupté & en connoiſ-
ſent à peine l'ombre. Ils verſent le ridicule ſur le
mariage , & tout le feu de leur eſprit ne ſert qu'à
parer la débauche. Voilà les Apologiſtes du célibat . . . Qu'ils viennent, ces Apologiſtes impies,
je les confondrai , ou plutôt ſont-ils dignes qu'on
leur réponde? Non, ils ſe rendent juſtice en fuyant
les plus touchans devoirs de l'homme. Ils ne ſont
faits , ni pour être époux , ni pour être peres, ni
pour être amis.

Mlle C O R B E L L E.

J'en reconnois plus d'un à ce portrait, & les
touches ſont encore ménagées.

Mme M E R V A L.

Ah ! Nerville , je vous fais honnête, & je crois
que vous êtes bien éloigné de leur reſſembler.

Mlle C O R B E L L E.

Oui . . . Mais qui peut répondre . . .

NERVILLE.

Encore ! cruelle , encore !... Epargnez ma fenfibilité. Il ne tiendra qu'à vous de me faire adorer
& bénir un titre que je brûle de porter.

SCENE III.

Madame MERVAL, Mademoifelle CORBELLE,
NERVILLE, MERVAL, JULLER.

(Merval & Juller parlent dans le fond du Théâtre.)

JULLER, *(à Merval.)*

Tu ne feras jamais qu'un fot fi tu écoutes fes
larmes .... Parle en maître .... Mais , la voici ;
il ne faut pas rétrograder. *(Juller paffe à côté de
Madame Merval , lui fait une révérence profonde , &
& dit fort haut à Mademoifelle Corbelle ,)* Tous les
jours plus jolie.

Mlle CORBELLE, *(froidement.)*

Et vous , tous les jours plus complimenteur.

MERVAL, *(dans le fond.)*

Elle ne me regarde point ... Elle détourne la
tête... Elle me dédaigne ... Oui , Juller a raifon.
Allons , je n'encenferai plus fon orgueil & je bra-
verai fes dédains. Retirons-nous.

Mme M E R V A L , (*sur le devant de la scene.*)

L'ingrat! Il ne daigne point m'aborder, me voir...
Il fuit ma préfence. Sortons, pour donner un libre cours à mes douleurs. (*Elle va pour fortir.*)

M E R V A L.

Non, reftez, Madame, je vous en épargnerai
la peine ; c'eft moi qui dois me dérober.

Mme M E R V A L.

Ma préfence vous gêne. Suivez vos deffeins,
Monfieur ; éloignez-vous de moi : allez chercher
le plaifir où vous comptez le trouver, les remords
viendront vous punir, & votre conduite ....

M E R V A L.

Ma conduite, Madame ! ma conduite ! Je n'en
dois compte à perfonne ; la mienne n'entraîne
point de remords ; mais la vôtre eft d'oublier la
modération & la douceur.

Mme M E R V A L.

Eft-ce moi qui vous fuis, ingrat ? Si mon extrême douceur s'eft quelquefois démentie, c'eft
vous qui m'y avez forcée ; & quel cœur peut demeurer calme au milieu de fi fenfibles atteintes !
Il faut que je vous fois devenue bien odieufe.

M E R V A L.

Bien odieufe ! Et fur quoi fondez-vous ...

Mme M E R V A L.

Vous êtes complaifant, fenfible envers tout autre ; vous n'êtes injufte qu'envers moi.

Mlle C O R B E L L E, (*à part.*)

Dieu ! que va-t-il arriver !

N E R V I L L E, (*à part.*)

Que ne fuis-je loin, ou que ne puis-je calmer !

M E R V A L.

Je fuis injufte ! Envers vous !

Mme M E R V A L.

Et comment traiteriez - vous une femme que vous haïriez ? Ah ! je vous ai mal connu.

M E R V A L, (*courroucé.*)

Vous m'avez mal connu !... Eh bien, vous me connoîtrez, Madame.

Mme M E R V A L.

Je ne vous ai jamais imaginé tel, fans quoi j'euffe été plus tranquille.

M E R V A L, (*avec une fureur contrainte.*)

J'en étois trop fûr pour en douter ; & c'eft ainfi que vos paroles m'offenfent.

Mme M E R V A L.

C'eft ainfi que vous infultez à mes larmes qui m'étouffent, qui coulent malgré moi .... Ah Dieu ! La mefure de mes afflictions eft remplie : vous n'y pouvez rien ajouter.

MERVAL.

Des plaintes, des reproches ! Oh faites - moi grace de tous ces gémiſſemens.

Mme MERVAL.

Ils vous importunent ... Je vois votre projet. Il eſt trop bien marqué ; tout me le fait connoître ; votre indifférence, votre ton ironique ... Vous tendez à une ſéparation. Elle vous eſt facile, Monſieur ; la loi vous favoriſe.

(*Scene muette d'étonnement & de douleur entre Mademoiſelle Corbelle & Nerville.*)

MERVAL.

Vous la demandez , Madame ?

Mme MERVAL.

C'eſt vous qui dans le fond du cœur ne déſirez, n'attendez que ce moment, ne cherchez qu'un prétexte ...

MERVAL.

J'entends, Madame ; vous le faites naître, & vous voulez m'en laiſſer l'honneur.

Mme MERVAL.

Ah ! ſi mes yeux pouvoient lire dans le fond de votre ame ....

MERVAL.

Eh bien ? qu'y verriez-vous ?

Mme M E R V A L.

Mépris , injuſtice , infidélité.

M E R V A L, (*échauffé.*)

Vous croyez que mon cœur nourrit de tels ſen‑
timens ?

Mme M E R V A L.

Oui , Monſieur , je le crois ; aſſez de preuves
me l'atteſtent. Ceſſez de diſſimuler. Débarraſſez‑
vous du fardeau qui vous peſe.

M E R V A L, (*en colere.*)

C'en eſt trop , Madame , vous le voulez ; oui ,
oui , nous nous ſéparerons . . . . Ah ! tu ne crois
plus à mon cœur. (*Madame Merval émue fait deux
pas & voudroit courir à ſon Epoux. Juller ſe met au
devant d'elle , & lui prend la main.*)

J U L L E R.

Ah ! Madame , que je ſuis déſeſpéré de tout ceci ;
mais voilà qui eſt inconcevable ... Croyez-moi ,
n'irritez pas ſon courroux . . . . Dans un inſtant
plus calme ...

M E R V A L, (*dans le fond du Théâtre.*)

Je me retire ; je ne ſerois plus maître de moi.
(Il ſort.)

N E R V I L L E.

Dans quel étonnement !

Mlle CORBELLE, (*courant à ſa ſœur & la ſerrant
dans ſes bras.*)

Ah ! ma ſœur , ma ſœur ! Comment appaiſer cet

orage ? Quelle fcene malheureufe ! (*A Nerville qui s'avance humblement pour lui donner la main.*) Laiffez-moi, Monfieur, laiffez-moi. En tout tems votre fexe fut injufte, barbare; je veux le fuir & le détefter à jamais. (*Elle donne le bras à Madame Merval, qui, dans fa douleur, marche à pas lents & s'appuie fur elle.*)

SCENE IV.

JULLER, NERVILLE.

NERVILLE.

VOILA qui eft fatal. Malheureux moment! Une fcene pareille entre deux Epoux qui ne devroient que s'adorer. Ah! fi j'euffe prévu cet orage.....Ils en viennent au moins à des extrémités férieufes.

JULLER.

Voilà qui eft excellent. Tout va le mieux du monde.

NERVILLE.

Que veux-tu dire ?

JULLER.

Je vois bien que ceci te paffe. Cette leçon eft au-deffus de ta candide intelligence. Ne me fuis-je pas fait fort de te prouver ....

NERVILLE.

NERVILLE.

Tu veux me rappeller tes vains propos ... Oh !
c'eſt une mauvaiſe plaiſanterie que tu n'auras pas
pouſſée plus loin ; & dans ces circonſtances ...

JULLER.

Je ne m'arrête point ainſi dans ma carriere ....
Tu crois peut-être que cette méſintelligence qui
regne entre ces Epoux, eſt l'effet du haſard : non,
mon ami, c'eſt moi qui prépare ces petits débats
pour mieux la conduire où je veux la mener.

NERVILLE, (*ſurpris.*)

Qu'entends-je !... (*à part.*) Diſſimulons....
Laiſſons-le parler

JULLER.

C'eſt dans ces momens de douleur & de dépit
que l'on ſurprend un cœur qui ſembloit ne devoir
jamais ſuccomber, & la plus légere pente le fait
aller loin.

NERVILLE.

Quoi ! c'eſt toi qui ſemes ici la diſcorde .....
(*à part.*) Poſſédons-nous.

JULLER, (*d'un air avantageux.*)

Va, perſonne ne connoît mieux que moi l'art
de ſe gliſſer chez une femme. Je commence d'a-
bord par me faire l'ami de la maiſon ; flattant les
deux Epoux en particulier, peu à peu je deviens
leur confident ſecret, l'homme néceſſaire. J'étu-
die leur goût, leur penchant, & les mets à profit.

D

J'excite de petites bourafques que je fais calmer à
propos, en attendant que je faſſe lever la tempête
férieufe qui doit les féparer l'un de l'autre. Pendant ces premiers jours je furviens comme confolateur. Je flatte, je propofe des raccommodemens
que je fais échouer; alors je manie à mon gré un
cœur dont je connois les replis. J'y domine avec
myftere, mais avec empire; & ce qui m'amufe
beaucoup, c'eft que l'Epoux aveuglé par ce génie favorable qui les rend tous confians, ne ceſſe
point de m'être attaché... Je ne manque pas de
bons amis.

N E R V I L L E.

Juller, ceci paſſe l'inconféquence, la légéreté. Si
l'on te connoiſſoit une ame pareille... (*à part.*)
Je le demafquerai, je rendrai fes attaques vaines.

J U L L E R.

Détrompe-toi, mon pauvre Nerville; de telles
infidélités font en honneur dans le commerce du
monde.

N E R V I L L E.

Tu le crois donc peuplé de gens qui te reſſem-
blent?

J U L L E R.

Tu ne m'entends point; ce qui t'effraie eft ce
qui conftitue la paix du ménage, ce qui la fera
renaître ici. La femme n'eft jamais ſi complaifante,
ſi douce, ſi attentive, que lorfqu'elle a une intrigue
fecrette à voiler. L'Epoux alors eft prefque auſſi
ménagé que l'Amant.

N E R V I L L E.

Et tu te crois déjà plus heureux qu'un Epoux.

(*A part.*) Feignons encore d'applaudir.

JULLER.

Chacun pense ainsi, s'il n'agit pas de même.

NERVILLE, (*reprenant son caractere.*)

Chacun pense ainsi !.. Pour moi, si l'on m'imputoit injustement ce dont tu te glorifies, je regarderois cette imputation comme le plus sensible outrage ; & croyant mon honneur véritablement offensé, j'en tirerois vengeance sur l'heure.

JULLER, (*éclatant de rire.*)

Tu es vraiment original.

NERVILLE.

Ce n'est point-là un faux point d'honneur comme celui auquel les hommes attachent un si haut prix ... Quoi! le larcin deshonnore, & l'adultere source de tous les désordres ne seroit point un crime infâme ?... Au reste, je me plais à croire que tu renonceras à ton abominable projet.

JULLER.

Suis tes petites prétentions, & laisse-moi à mes grands desseins.

NERVILLE, (*avec force.*)

Tu ne les acheveras point.... Non.

JULLER.

Tu te fâches ; mais choisis : il faut que j'aie Madame Merval ou la petite Corbelle..... Ton Ange céleste, ta rare Divinité ne tiendroit pas plus longtems contre moi. Les deux sœurs sont faites du même bois que le reste de leur sexe ; & quand le feu en approche, vert ou sec, il faut que cela prenne également.

NERVILLE, (le fixant.)

Tu m'excedes... Expliquons-nous un peu, je te prie... Ne dis-tu pas que Madame Merval... Acheve, parle donc.

JULLER, (le regardant malignement & lui serrant
la main)

Va, mon ami, c'est comme chose faite.

NERVILLE, (le fixant encore.)

Tu veux me persuader que Madame Merval.... Réponds donc.

JULLER.

Le vent m'est très-favorable. Elle a exhalé un soupir à demi étouffé, qui exprimoit tant de sensibilité... Elle m'a regardé.... Quel plaisir il y a d'être aimé d'une femme dont la raison est formée ! La réflexion dirige sa tendresse & lui donne une prudence consommée. Tu as vu qu'ils alloient se séparer. Il ne faut plus qu'un instant...

NERVILLE.

Mais sa bouche auroit - elle avoué qu'elle te portoit le cœur qui appartient à son Epoux.... A-t-elle prononcé ?

JULLER, (levant les épaules.)

Prononcé ! Est - ce qu'une femme prononce ?

Va, mon pauvre Nerville, il se fait sur un vi-
sage des mouvemens si prompts, si légers, que
l'œil connoisseur qui sait les saisir, lit les nuances
des passions cachées, comme celles des passions
visibles. Tu t'étonnes encore.

N E R V I L L E.

Tu m'en imposes.... Madame Merval ne sau-
roit être parjure à ses devoirs. La sœur de celle...
Non, garde-toi de le penser. Sur qui faudroit-il
compter ? Je croirois plutôt.....

J U L L E R.

A un miracle qu'à la fragilité d'une femme !
Mais je les réconcilierai après les avoir brouillés.
Oh ! c'est la regle. (*Nerville lui lance un regard d'indignation.*) Tu es indisciplinable, n'en parlons
plus. Je te laisse à ton imagination moralisante.
Je ne t'entretenois sur cette matiere, que pour
débrouiller un peu tes idées provinciales fort con-
fuses sur un pareil sujet.

N E R V I L L E, (*avec feu.*)

Tu viens de me percer l'ame. Je ne serai point
témoin insensible du deshonneur de mon ami, &
je n'en resterai pas là.

J U L L E R, (*étonné.*)

Que veux-tu dire?

N E R V I L L E, (*très-sérieusement.*)

Il faut que tu me confirmes cette prétendue
puissance que tu as sur le cœur de Madame Mer-

val. Tu t'en es vanté. Je veux favoir fi c'eft avec quelque fondement. Il faut confentir à paffer pour un calomniateur, ou avouer que tu ne connoiffois ni elle ni toi. Si tu me donnes preuve du contraire . . . .

JULLER.

Eh bien, fi je te la donne . . .

NERVILLE.

Alors je pafferai par où tu voudras; & loin d'époufer la fœur, je ferai le premier à méprifer & à fuir un fexe auffi perfide ; mais j'exige . . .

JULLER.

Tu exiges . . .

NERVILLE.

Oui, & je te parle férieufement.

JULLER, (avec un fourire forcé.)

Il te faut cette leçon ? Il te la faut ? Eh bien, on te la donnera, on te la donnera.

NERVILLE, (avec force.)

Je l'attends.

S C E N E V.

N E R V I L L E, (*seul.*)

Je commence, mais trop tard, à pénétrer ce caractere pernicieux. Ce n'est point là cette légéreté ordinaire qui prend le ton du vice pour le ton du jour. C'est un vil imposteur!.... Voilà donc ces hommes qui sont admis, fêtés, caressés dans le monde, & dont on exalte l'esprit, sans savoir qu'il prend sa source dans un cœur vicié.... Mais comment Merval lui accorde-t-il son amitié, sa confiance, lui a-t-il ouvert ses foyers?.... Ah! c'est l'homme qui a la meilleure opinion d'autrui. J'ai été moi-même séduit par cet extérieur poli & brillant, qui trop souvent ici est le masque de la fausseté... Dans quelles mains j'allois tomber, & que je rends graces au pere sage qui m'a appris de bonne heure à n'estimer les objets que par les degrés de ressemblance qu'ils ont avec la vertu!... Mais qu'il tremble; je ne souffrirai pas qu'on joue impunément mon ami.

SCENE VI.

Mademoiselle CORBELLE, NERVILLE.

Mlle CORBELLE, (*arrivant précipitamment.*)

Je vous cherchois, & j'ai à vous parler.

NERVILLE.

En quoi ai-je failli ?

Mlle CORBELLE, (*avec un peu de sévérité.*

Mais . . .

NERVILLE.

Parlez, ordonnez . . . Je suis prêt à réparer le malheur de vous avoir déplu.

Mlle CORBELLE.

Souvent on peut affliger une personne sans lui déplaire . . Il me paroît que vous êtes intimement lié avec Juller.

NERVILLE.

Je vous entends . . . & je vous proteste bien que je ne suis rien moins que son ami.

Mlle CORBELLE.

Cet aveu m'enchante . . . Dites-moi quelle impression a fait sur lui l'éclat de cette scene ?

NERVILLE.

Je ne puis dire qu'il en ait été affecté auffi vivement que moi.

Mlle CORBELLE.

Je m'en fuis apperçu.

NERVILLE.

Je ne puis encore parler. L'ombre même d'une
imprudence m'allarme ; mais bientôt je pourrai
répondre plus pofitivement.

Mlle CORBELLE.

Cet homme à coup fûr eft un traître ; & je lui
attribue la méfintelligence qui régne entre ma
foeur & fon époux.

NERVILLE.

Mais comment deux cœurs auffi vertueux ne
triompheroient-ils pas d'un mauvais génie ?

Mlle CORBELLE.

Oh ! voilà les hommes : ils ne veulent rien entendre. Merval eft le plus honnête, le plus fenfible de tous, & cependant il rend fa femme malheureufe.

NERVILLE.

Peut-être que fa femme... pardonnez...

Mlle CORBELLE.

Ma foeur eft auffi complaifante qu'elle eft géné-
reufe. Un excès de fenfibilité peut avoir quelque-

fois emporté trop loin le langage de fon cœur ; mais par combien de vertus elle répare cet heureux défaut. Enfin , que la caufe foit grave ou non , ils n'en font pas moins prêts à fe féparer.

NERVILLE.

Ah ! je préviendrai cette rupture , je la préviendrai.

Mlle CORBELLE.

Il le faut ; abordez Merval avec confiance ; détruifez les infpirations fecrettes de Juller. Le ton de la vérité & de la vertu a une force naturelle fur les cœurs droits ; & s'il faut vous le dire , je croirai volontiers à l'éloquence de votre ame.

NERVILLE.

Lorfque je l'employerai pour un autre , elle fera plus heureufe que pour moi-même.

Mlle CORBELLE.

En la faifant fervir à une caufe fi belle , vous ne devez pas craindre qu'elle vous manque dans toute autre occafion.

NERVILLE.

Je fens que je vous devrai fon triomphe.

(Il fort.)

S C E N E V I I.

Mademoiselle C O R B E L L E, (*seule.*)

De jour en jour je m'apperçois que je l'estime
davantage. Il fait oublier l'intérêt de son amour,
lorsqu'un autre intérêt le lui commande ; mais plutôt ne confirme-t-il pas le premier…Ah ! jugeons
des bonnes actions en elles-mêmes, & ne remontons jamais au principe… Si Juller pouvoit être dé-
masqué , si la paix réconcilioit ces deux époux ,
cette paix si douce, & qu'un moment fatal à
troublée…. Ah ! la rupture est presque aussi sé-
rieuse, que si elle avoit un fondement réel.

SCENE VIII.

Madame MERVAL, Mademoiselle CORBELLE.

Mme MERVAL.

AH ! ma sœur ! aide - moi à supporter mes en-
nuis. J'ai le cœur cruellement oppreffé.

Mlle CORBELLE.

Ma sœur ! remettez-vous. Ah ! j'étois bien éloignée de croire Merval .... Que les hommes font
injuftes !

Mme MERVAL.

Ne dis rien, ne dis rien contre lui. J'ai tort,
oui, j'ai tort. Je lui devois plus de ménagement.
Je fuis fon époufe enfin, & je fens que j'aurai
toujours à me reprocher de n'avoir point fçu paffer fur des riens qui font devenus de conféquence.

Mlle CORBELLE.

Comment, ma fœur ?

Mme MERVAL.

Oui, je me rappelle mille occafions où mon
ame a laiffé échapper de ces traits d'humeur, qui,
quoique légers, doivent être immolés aux regards
d'un Epoux.

Mlle C O R B E L L E.

Tu te juges avec bien de la févérité . . . Ah ! s'il t'avoit aimée . . .

Mme M E R V A L.

Il m'aimoit, il m'aimoit, j'en fuis bien fûre ; & préfentement il ne m'aime plus. Il m'a été toujours cher ; il me l'eft encore aujourd'hui malgré fes injuftices ; & cette féparation, fi elle arrive, fera pour moi un coup mortel.

Mlle C O R B E L L E.

Vous me faites frémir !

Mme M E R V A L.

Nous voilà nous autres femmes. Il femble que nous aimions la guerre, que nous nous laffions du repos ; & toujours exigeantes ou foibles, le combat une fois engagé, nous foupirons après la paix.

Mlle C O R B E L L E.

Elle reviendra, ma fœur, elle reviendra.

Mme M E R V A L.

Heureufe dans mon infortune, j'ai trouvé une amie dans ma fœur... Mais, pardonne, j'oublie toute la terre ; je ne m'occupe que de ma douleur, de moi feule . . . . Laiffe - moi lire enfin dans ton ame ; parle-moi fans détour ; tu ne hais point Nerville ?

Mlle C O R B E L L E.

Dis plutôt que je l'aime . . . Son caractere fim-

ple , ouvert & franc m'a toujours plu. Je n'hé-
fite point à te l'avouer ; mais j'attends encore . . .
Il eft fi facile de fe tromper . . . . C'eft affez fur ce
chapitre . . . . Réponds auffi ingénuement à ma
queftion. N'aurois-tu pas fait un mauvais marché
avec Merval ; & par un certain refpeĉt ou une
aveugle tendreffe peut-être , ne couvrirois-tu pas
fes défauts d'un voile officieux & difcret ?

Mme M E R V A L.

Non , je ne fais que d'ouvrir les yeux. Le malheur m'a inftruite , & je vais t'apprendre ce que
j'ai découvert. Merval eft toujours l'homme que
j'ai vu , lorfque , pour la premiere fois , je lui
donnai ma main. L'amour , dans les premieres années, nous voila réciproquement quelques foiblef-
fes inféparables de l'humanité. Le premier fruit de
nos amours , élevé d'abord fous nos yeux , fervit à
prolonger notre enchantement. Plus attachée ,
plus tendre que jamais , j'exigeois une tendreffe
égale à la mienne. Je ne voyois pas que je tou-
chois à ce terme où nous fommes heureufes lorfque le cœur d'un époux gagne en amitié ce qu'il
perd en amour. Je voulois voir Merval toujours
Amant , toujours paffionné , parce que je l'étois
moi-même. Un premier mouvement d'humeur
devint le germe d'un autre ; & à force de l'aimer ,
je parvins à croire qu'il ne m'aimoit plus. Les
hommes ne veulent point être importunés , même
par le fentiment du bonheur. Mon cœur plaide
en ce moment. pour Merval. Oui, ma tendreffe
l'a quelquefois tirannifé. Je reconnois trop tard
ma faute.

Mlle C O R B E L L E.

A parler vrai, Merval m'a toujours paru un
bien galant homme, honnête, fans orgueil, prefque fans foibleffe ; cependant je l'ai vu depuis
quelque - tems dire & faire des chofes qu'il fembloit amener tout exprès pour te piquer, & furtout en préfence de Juller. Je te l'ai déja dit ; je
n'aime point à les voir enfemble.

Mme M E R V A L.

Je voulois te parler de ce Juller. Je ne crois
pas me tromper : ce trifte jour femble fait pour
m'éclairer. Ne voudroit-il pas me faire fa cour ?
T'en ferois-tu apperçue ?

Mlle C O R B E L L E.

J'attendois que tu m'en parlaffes la premiere. Je
l'ai furpris plus d'une fois qui épioit l'inftant où
nous nous féparions. Va, c'eft un homme dangereux.

Mme M E R V A L.

On ne l'eft avec nous qu'autant que nous fommes fans méfiance. Il m'avoit paru jufqu'ici l'ami
de mon époux & le mien ; il m'avoit même infpiré quelqu'eftime, mais le bandeau tombe. Quelques mots recueillis m'ont dévoilé fon cœur. Je
me rappelle plufieurs difcours que j'aurois regardé
alors comme un crime de mal interprêter ; & je
fuis fi étonnée, que j'ai peine à le croire.

Mlle C O R B E L L E.

Je n'ai jamais aimé ni fon efprit tout brillant

qu'on le suppose, ni sa phisionomie dont il est d'ailleurs si vain. Il a un certain regard auquel je ne me suis jamais fiée . . . Je voudrois qu'il fût à mille lieues d'ici.

Mme MERVAL.

Le traître n'a fait encore que lever un coin du masque ; il faut qu'il tombe en entier. Je veux voir jusqu'où peut monter la trahison d'un faux ami, & sur le bord de quel précipice son orgueil insolent se flattoit de conduire une femme que son honnêteté rendoit facile & confiante, mais qu'on n'aura point outragée impunément.

Mlle CORBELLE.

Oui, tu dois le confondre & le faire connoître à Merval qu'il abuse.

Mme MERVAL.

Mais notre petit cousin fréquente ce Juller, cela me fait de la peine. S'il épousoit ses principes, si celui-ci en faisoit son disciple . . .

Mlle CORBELLE.

Ne crains rien, ma sœur, nous nous sommes expliqués à ce sujet. . . Il est bien différent, bien différent ; à-présent même il est occupé à ménager une réconciliation prompte & parfaite.

Mme MERVAL, (avec vivacité.)

Eh bien, dis-moi, comment ?

Mlle CORBELLE.

Mlle C O R B E L L E.

Nerville verra Merval. Une ame honnête a une éloquence touchante. Il réuffira ; crois-en le préfage de mon cœur.

Mme M E R V A L, (*après un moment de filence, vivement & comme fortant d'une infpiration.*)

Faifons mieux, ma fœur! Allons retirer mon fils de fa penfion ! Tu fais que Merval chérit fon enfant. Que de fois nos regards fe font croifés fur fon berceau ! En le contemplant, nous nous aimions davantage. Il ne pourra vivre fous nos yeux fans ramener ici la concorde.

Mlle C O R B E L L E.

Que je t'embraffe, ma fœur ! Le projet eft heureux, digne de toi ; c'eft le Ciel qui te l'infpire. Vîte, allons le chercher ... Auffi, pourquoi l'avoir exilé chez ce pédant ? Je vous l'ai dit. Les enfans n'en font que plus mal loin de leurs parens, & cela porte toujours malheur.

Mme M E R V A L.

Je n'ai ofé contrarier les idées que Juller avoit infpirées à mon mari. Tu fais qu'il fe flatte d'être profond fur le chapitre tant débattu de l'Education publique & domeftique.

Mlle C O R B E L L E.

Le méchant ! que je le hais ! Un enfant de fept ans courbé fur des Auteurs latins, quand à peine il peut s'exprimer en françois ; c'eft apprendre de bonne heure & avec grande peine, ce qu'il ou-

E

bliera dès la premiere année qu'il fera au Régiment.

Mme MERVAL.

Tu penfes bien comme moi, ma fœur ; mais nous écoute - t'on .... Allons le chercher. Oh ! comme il va fauter de joie !

Mlle CORBELLE.

Un petit oifeau échappant à tire-d'aîle aux griffes de l'épervier, ne s'évaderoit pas plus content , je vous en affure . . . Mais prenons garde à ce que perfonne ne devine notre projet. Il faut furprendre Merval , lui préfenter fon fils & nous jetter tous à fon cou !

Mme MERVAL.

Il n'y tiendra pas ; il fera attendri . . . . Cet enfant , fes careffes , mon repentir , mon amour . . .

Mlle CORBELLE, (*l'interrompant.*)

Partons : que ce bel amour foit l'ange de la paix, & qu'il ferve à réunir dèux cœurs faits pour s'aimer.

Fin du fecond Acte.

ACTE III.

SCENE PREMIERE.

MERVAL, le petit MERVAL, un Domestique.

MERVAL, (*tenant son fils par la main.*)

(*A demi-voix à un Domestique.*)

Elles sont sorties ?

LE DOMESTIQUE.

Oui, Monsieur.

MERVAL.

Y a-t-il longtems ?

LE DOMESTIQUE.

Monsieur, environ depuis une heure.

MERVAL.

Bon, & d'un air fort empressé, m'as-tu dit ?

LE DOMESTIQUE.

Oh ! oui, Monsieur.

MERVAL.

Veille à ce que personne ne puisse nous voir

E ij

avant que j'en fois informé. (*à part.*) Elle me connoîtra enfin ; elle apprendra combien je l'aime. La
préfence de cet enfant ramenera l'union & la
gaieté ; c'eft le fignal & le garant de notre réconciliation. Je me remplis de cette douce & agréable image ... Eh bien , mon fils ?

Le petit M E R V A L.

Papa ! oh ! que je fuis joyeux quand je me retrouve ici ! Tout m'y fait plaifir. C'eft aujourd'hui
un beau jour pour moi, oh bien plus beau qu'un
jour de congé ! Comme je l'attendois ! ... Mais
courons à la chere maman ; il ne manque plus à
mon bonheur , que de l'avoir embraffée.

M E R V A L.

Attends donc qu'elle foit de retour.

Le petit M E R V A L.

Qu'il me tarde de fauter à fon cou ! ... Eft-elle
allée bien loin ? Si je favois de quel côté il faut
aller , je courrois au devant d'elle & de toutes
mes forces. (*Il fe met en devoir de courir.*)

M E R V A L , (*l'arrêtant & le careffant.*)

Mais la parole te revient à cette heure. Pourquoi n'ofois-tu fouffler un feul mot dans ta penfion ?

Le petit MERVAL , (*faifant une petite moue, & d'un
air un peu chagrin.*)

Mon cher pere , avez - vous jamais appris le
latin ?

M E R V A L.

Oui, mon fils, à ton âge j'étudiois beaucoup.

Le petit M E R V A L.

Eh bien ! si vous savez le latin, pourquoi ne me l'enseignez-vous pas ? J'apprendrois bien mieux de vous tous ces mots difficiles, si longs à trouver dans le dictionnaire & si durs dans la bouche des maîtres.

M E R V A L, (*à part.*)

Il m'embarrasse.... Mais, mon fils, chacun a son état..... Je m'occupe à présent d'autre chose.... Tu as donc une grande aversion pour le latin ?

Le petit M E R V A L.

C'est que j'ai ordinairement un grand mal de tête quand il faut rester enfermé presque tout le jour dans une étude, & cela ne se dissipe qu'après que j'ai bien couru.

M É R V A L.

Mon ami, on ne peut cependant pas toujours se recréer. Chacun s'applique sérieusement de son côté. Il faut se rendre utile, autrement l'on n'est qu'un fardeau dans la société.

Le petit M E R V A L.

Mais, mon cher pere, est-ce qu'on est bien utile & bien riche quand on sait le latin ? Cependant ceux qui l'enseignent ont l'air bien pauvre, & n'ont pas grand esprit... Je le sais bien, moi.

MERVAL.

Mon fils ! cette étude mene à des emplois que vous ne pouvez encore appercevoir, & là-dessus vous devez suivre mes volontés.

Le petit MERVAL, (*pleurant à moitié.*)

Ah ! je m'efforcerai à faire de mon mieux . . . . Si vous saviez pourtant comme nous souffrons tous sous ces maîtres. Depuis le maître de quartier jusqu'au Régent, c'est à qui nous chagrinera le plus. Ce n'est point-là votre douceur, votre esprit . . . . Ils ne disent jamais rien d'amusant.

MERVAL.

Allons, Merval, ne soyez plus enfant. Nous verrons s'il est possible de vous rendre ici l'étude plus agréable : vous y resterez.

Le petit MERVAL, (*avec surprise.*)

J'y resterai !

MERVAL.

Oui, & pour toujours.

Le petit MERVAL, (*avec la plus grande joie.*)

Ah, mon cher pere ! en grace, en grace, ne retractez point ce que vous me faites espérer. J'apprendrai ici tout ce qu'il vous plaira. Je saurai toutes les langues à la fois si vous le voulez, pourvu que ma chere mere ou vous me fassiez répéter. (*Merval caresse son fils.*)

UN DOMESTIQUE, (*qui entre.*)

Monsieur Juller, Monsieur.

MERVAL, *(prenant son fils par la main.)*

Dis à tout le monde que je suis absent. Je ne veux point qu'il me rencontre, & pour cause.... Viens, mon fils.

SCENE II.

JULLER, un DOMESTIQUE.

JULLER.

PERSONNE à la maison ?

LE DOMESTIQUE.

Personne, Monsieur.

JULLER.

On ne tardera sûrement pas à revenir ?

LE DOMESTIQUE.

C'est ce que je ne puis deviner, Monsieur.

JULLER.

J'attendrai.

LE DOMESTIQUE, *(s'en allant.)*

Soit.

SCENE III.

JULLER, (*seul.*)

Ou fera-t-elle allée ? faire des réflexions....
Oh ! les réflexions ne peuvent que me la ramener.... Voici le moment ; le laiſſer échapper,
ce ſeroit perdre tout le fruit de mon intrigue ...
Dès la premiere entrevue, prévenons toute réconciliation. Il n'y a plus à différer ... Il faut ...
Oui , c'eſt cela ... Ah ! je crois l'entendre avec ſa
ſœur. (*Il ſe retire ſur le devant de la ſcene.*)

S C E N E   I V.

Madame MERVAL, Mademoiselle CORBELLE.
JULLER.

Mme MERVAL, (*avec affliction.*)

Tout conspire contre nous . . . Cruelle fata-
lité ! Un moment plutôt . . . Chere sœur, il me l'a
enlevé . . . . Nous sommes arrivées trop tard . . . .
J'interroge tous les domestiques ; ils sont muets . . .
Je m'attendois du moins à le trouver courant dans
le jardin. Je ne vois ni le pere ni l'enfant . . . . .
Ah ! se sont-ils encore éloignés de moi pour mieux
me punir.

Mlle CORBELLE.

Voilà un tour perfide . . . Je vais faire mes en-
quêtes, après nous verrons. Oh ! fut il caché au
centre de la terre, je le trouverai, je le trouverai.
(*Elle s'élance avec legéreté.*)

SCENE V.

Madame MERVAL, JULLER.

JULLER.

Puis-je vous fervir, Madame, dans la recherche que vous faites?

Mme MERVAL, (*d'un ton grave.*)

Vous m'attendiez, fi je ne me trompe.....
(*à part.*) Je vais enfin te connoître.

JULLER.

Je l'avouerai ; tout m'enchaîne où vous êtes.
Je fuis mal où vous n'êtes pas ; quelque plaifir
qui m'environne, je fens que loin de vous il me
manque quelque chofe ... Expliquez - moi donc
la caufe de ce que j'éprouve... Ne craignez point
de m'ouvrir votre cœur ; nous fommes amis ;
nous le ferons longtems, j'efpere ; vos intérêts
ne different point des miens ... Je vous jure que
c'eft au prix de ma vie, que je voudrois payer le
bonheur de la vôtre.

M.^m MERVAL.

Monfieur, ne vous intéreffez - vous point un
peu trop en ma faveur, & ne craignez - vous pas
d'avoir affaire à une femme qui ne pourra jamais
s'acquitter envers vous, car je ne fais comment
reconnoître tant d'attachement.

J U L L E R.

Peut-on voir l'ingratitude de votre Epoux, &
demeurer infenfible ? Qui, vous connoiffant, fe
perfuadera jamais qu'aucun homme, à l'exception
de votre mari, vous préfere une autre femme ?

Mme M E R V A L.

Je ne vous entends point.

J U L L E R.

Peut-il ainfi traiter votre beauté ? Tant de perfections réunies... Il ne connoît point le prix dont
vous êtes .... Merval eft depuis affez longtems
heureux... Il a été votre adorateur ; c'eft un tribut que tous les hommes vous doivent après vous
avoir vue.

Mme M E R V A L.

A moi, Monfieur ?

J U L L E R.

Le contentement, le bonheur, font encore des
biens en votre pouvoir.

M.^m M E R V A L.

Je voudrois que le fuccès fût entre mes mains.
Il n'y a rien que je ne fiffe dans cette vue ; mais
quel afcendant peut-il me refter fur un Epoux,
après ce qui vient de m'arriver ?

J U L L E R.

Quelle infortune pour moi que vous ne m'ayez
pas été deftinée. Jamais vous n'auriez effuyé les

chagrins qui vous tourmentent... Ah! pourquoi vous ai-je connue trop tard... J'envie le fort de Merval; mais, fi j'ofe le dire, une femme ainfi dédaignée, n'a plus de raifon valable pour demeurer indifférente aux foins d'un confolateur.

Mme MERVAL.

Eft-ce vous qui parlez, Juller?

JULLER.

Me croyez-vous le plus aveugle des hommes? Seriez-vous à deviner le penchant qui m'entraîne vers vous? Tout a dû fervir à vous le confirmer. Ah! lifez votre victoire dans mes yeux.

Mme MERVAL.

Vous! mais vous oubliez...

JULLER.

Et quel autre pourroit mieux vous convenir? Le fort nous favorife. Nous demeurons tout près l'un de l'autre. Je pourrai vous voir, vous adorer à chaque heure du jour. Nous nous aimerons comme ces Epoux dont vous vous faites une fi charmante idée. Je veux être avec vous comme le vôtre devroit y être.... C'eft moi qui fais aimer. Votre bonheur fera fûr. Un voile impénétrable couvrira cet heureux myftere. Vous verrez qu'il ajoute un nouveau prix.... Vous m'entendez bien?

M.^{ne} MERVAL.

Oui, je vous entends... A votre tour, écoutez-moi.

J U L L E R.

Ah!

Mme M E R V A L.

Répondez-moi, Merval est-il votre ami ?

J U L L E R.

Ami ? mais oui, comme on l'est à Paris.... Pourquoi mêler son nom à nos entretiens ? ... Vous me permettrez, d'ailleurs, de m'aimer plus que lui.

Mme M E R V A L.

Il m'avoit semblé que la plus sincere affection vous attachoit à Merval ; c'étoit même ce motif, je pense, qui vous avoit déterminé à venir dans cette maison pour habiter ensemble, afin que les occasions de vous voir fussent plus multipliées.

J U L L E R.

Ah ! Madame, que dites-vous ? Avez-vous pû méconnoître le véritable & unique motif qui m'ait attiré près de vos charmes ?

Mme M E R V A L.

Quoi ! ce n'étoit donc pas Merval ?

J U L L E R.

Non, je vous le jure.

Mme M E R V A L.

Et quand vous le serriez sur votre sein, en lui protestant qu'il étoit votre plus cher ami, vous lui en imposiez donc ?

J U L L E R.

Ce n'étoit pas lui ; c'étoit vous que j'embraſſois.

Mme M E R V A L.

Mais concevez-vous que c'étoit une trahiſon ?

J U L L E R.

Une trahiſon !

Mme M E R V A L.

Vous ne regardez pas comme un crime de la plus grande noirceur de dérober à un ami l'affection & la fidélité de ſa femme ?

J U L L E R.

Madame, un Amant bien épris croit tout légitime, & vous ſavez qu'il eſt des maris négligens qui méritent aſſurément tout ce qui leur arrive.

Mme M E R V A L.

Il eſt des maris qui méritent qu'on les trahiſſe ? Suppoſons que mon Epoux ait des torts envers moi , que vous a-t-il fait à vous pour venir dans ſa propre maiſon lui ravir le cœur de ſon Epouſe ? Il vous aime ; il vous croit ſincere ; il vous confie ce qu'il a de plus caché. Vous méditez tranquillement ſon malheur & ſon opprobre. Vous ſouriez tout bas de ſa crédulité ; vous le carreſſez pour mieux lui percer le cœur. S'il me mettoit dans le cas de ne plus l'aimer , quel droit auriez - vous de le tromper & de le haïr ?

J U L L E R.

Madame , ces diſcours ſont de l'ancien tems , &

voilà une morale furannée. Ne puis - je vous aimer fans le haïr ? On n'eft point trompé alors
qu'on ne foupçonne point l'être. Votre Epoux eft
étranger à la caufe que nous traitons. Elle ne le
touche pas. Ne brouillons point les objets, de
grace. Merval n'a rien à démêler ici.

Mme M E R V A L.

Vous demandez que je m'engage avec vous
dans une liaifon qui me rendroit parjure au fer-
ment que j'ai fait à la face des autels, au fond de
mon propre cœur, entre les mains d'un Epoux à
qui je dois tout. Je tramerois une trahifon, ou
plutôt la mort contre l'Amant que j'ai choifi, que
j'ai préféré à tous, contre le pere de mon enfant !...
Mais, Monfieur, ne voyez - vous pas quelque
chofe de noir, d'injufte, d'infâme dans un pro-
cédé pareil ? Seroit-il poffible que vous chériffiez
longtems la perfide qui viendroit de fe deshonorer
à fes propres yeux ? Je doute même que vous l'ayez
jamais penfé. Je vous aurois donc p ru bien fauffe,
bien vile, bien méprifable . . . Non, Monfieur,
dites plutôt que vous avez voulu m'éprouver . . .
Ceffez toute diffimulation, & rendez - moi la juftice que vous me devez, & que je fuppofe repofer encore au fond de votre ame.

J U L L E R, (*fe retourne étonné, court ouvrir la porte
d'un petit cabinet voifin, & y regarde.*)

(*En revenant.*) Vous m'avez fait grand peur !
J'ai vraiment cru que quelqu'un étoit caché-là qui
nous écoutoit . . . Ce n'eft qu'en public qu'on fait
la montre & l'étalage de tous ces beaux fentimens

que perfonne n'adopte en particulier, que tant d'exemples détruifent, & qu'on abandonne enfin à la trifte plume des Moraliftes modernes. N'avez-vous pas devant les yeux celles à qui leurs Epoux font étrangers ? Faut-il vous les nommer ?.... Mais c'eft un ufage reçu.

Mme M E R V A L.

Je ne vois rien que ce qui me paroît digne d'être imité. Je ferme les yeux fur le refte.

J U L L E R.

Je lis dans votre ame.... Vous craignez.... Repofez-vous fur mon expérience, rien ne percera au dehors.

Mme M E R V A L, (*avec dignité.*)

Arrêtez : j'en ai trop entendu ; mais il falloit vous laiffer parler, pour mieux vous connoître, pour mieux juger la profonde noirceur de votre ame. Vous vous êtes trompé, & vous m'avez mal connue. Je fuis loin de vous aimer, & la maniere dont je vous le dis doit vous en convaincre. Merval eft le feul homme qui me foit cher ; & fi j'avois eu le malheur de changer à fon égard, mon cœur, pour être injufte, feroit loin d'être coupable. Je vous plains d'être fi méprifable à mes yeux. Vos pareils font le fléau de la fociété & les auteurs de tous fes défordres. Il eft des criminels condamnés fur l'échaffaud à des fupplices publics qui n'ont pas caufé tant de maux, & qui ont été bien moins lâches ; & je ne trouve plus

ici

ici de termes pour exprimer l'horreur que m'infpirent ces hommes vils & perfides qui ne fe difent les amis d'un homme confiant & vertueux, que pour venir d'un front plus affuré, fouiller le lit où fon cœur fe repofe.

J U L L E R.

Mais, Madame ...

Mme M E R V A L.

Rougiffez ; & fi votre cœur n'eft pas entierement corrompu, connoiffez le répentir, ou du moins la honte. Abjurez cet efprit faux & féducteur, qui vous fera funefte à vous-même. Félicitez-vous de m'avoir trouvée ferme contre vos difcours. Je vous ravis le pouvoir de faire une infortunée, & vous épargne de nouveaux fujets de remords.

J U L L E R, (*voulant changer de ton.*)

Je vous reconnois, Madame ; il faudroit ne vous avoir pas fréquentée pour s'attendre à d'autres paroles .... Pardonnez : tout ceci n'étoit que pour entendre de votre bouche le vrai ton d'une honnête femme qui répond à certaines propofitions. Ce ton eft affez rare, & c'eft même la premiere fois que je l'entends s'exprimer auffi noblement.

Mme M E R V A L.

La crainte vous oblige à vouloir me donner le change fur votre baffeffe. Allez, elle vous met à l'abri de toute vengeance. Mon Epoux doit ignorer un auffi méprifable deffein. Comme cependant vous vous êtes intéreffé à quelques - uns

F

de nos démêlés que vous avez même pris soin d'aigrir, & que je vous vois maintenant au grand jour ; c'est à vous de chercher quelque prétexte honnête pour quitter cette maison. Je suppose que mon aspect vous seroit un reproche perpétuel ; & je veux vous éviter l'affront de rougir devant une femme que vous avez offensée, & qui vous pardonne l'ignorance où vous étiez de ses principes.

SCENE VI.

Madame MERVAL, Mademoiselle CORBELLE.
J U L L E R.

Mlle C O R B E L L E, (*accourant.*)

VENEZ vîte, ma sœur, venez vîte Je l'ai trouvé. Oh, pour le coup, je le tiens. Je ne veux pas vous en dire davantage. Digne épouse ! heureuse mere ! venez. (*Elle entraîne sa sœur.*)

SCENE VII.

JULLER.

Qui se seroit attendu à un pareil trait ! Est-ce haine, artifice, dissimulation ? . . Je ne la croyois pas d'un caractere si altier. . . . Ces phisionomies douces sont quelquefois d'une fierté. . . J'aurai mal pris mon tems . . . Aussi je voulois attendre. . . . Comme elle m'a traité ! . . Si l'on savoit cela . . . Ces femmes ! Eh bien, voilà la premiere, & je sens que mon orgueil s'en enflamme . . . Oh ! que j'aurois de plaisir à me venger ! . . . Si je la subjuguois, comme je lui ferois payer cher le dépit dont je me sens rongé : elle dévoreroit à son tour . . . Mais, qui sait après tout . . . Je ne crois point à cette vertu qui sonne si haut. Telle après avoir proféré d'aussi beaux discours avec un appareil imposant, se rend à bas bruit & garde le secret. Nous verrons. Je n'abandonne point mon projet. Je changerai seulement de batteries : plus cachées elles seront plus sûres.

SCENE VIII.

JULLER, NERVILLE.

JULLER.

EH bien ? qu'y a-t-il de nouveau ? ... Te voilà
triste , abattu ...

NERVILLE.

Je n'ai pas lieu d'être satisfait.

JULLER.

Quand on aime comme toi , cela ne peut être
autrement.

NERVILLE.

Les chagrins qui oppreſſent le cœur de Madame
Merval paſſent dans le cœur généreux de ſa ſœur...
Je ſuis prêt de tomber dans une mélancolie af-
freuſe.

JULLER.

Il t'eſt donc arrivé une diſgrace ſérieuſe ?

NERVILLE.

Tout ce que je redoutois. Mademoiſelle Corbelle aigrie contre notre ſexe , ne veut plus entendre parler de mariage... Je viens de lui faire les
propoſitions les plus reſpectueuſes, les plus paſ-
ſionnées. Savez - vous ce qu'elle m'a répondu ?

*Monsieur, je ne crois plus à aucun homme après ce
qui vient de se passer.*

JULLER.

Fort bien ; tu mérites cela.

NERVILLE.

Et pourquoi ?

JULLER.

Je te l'ai dit, mais tu ne veux pas m'en croire :
voilà ce que c'est que d'être si respectueux, si
passionné.

NERVILLE.

Toi qui te piques de l'être moins, serois - tu
plus heureux ?

JULLER.

Mais . . . .

NERVILLE.

Il m'importe de le savoir. Tu devois tirer d'elle
un aveu ; tu t'en es vanté, du moins.

JULLER.

Eh bien, mon ami, apprends . . .

NERVILLE.

Acheve . . . .

JULLER, (*à voix basse.*)

Apprends que tout est dit.

N E R V I L L E.

Quoi! Madame Merval auroit écouté .. Non ,
non ...

J U L L E R.

Paix. Tu feras donc toujours candide ; tu ne
croiras encore rien de tout ceci.

N E R V I L L E.

Elle feroit d'accord pour trahir fon Epoux !

J U L L E R.

Elle eft femme ... comme les autres ... du
fecret.

N E R V I L L E , (*avec chaleur.*)

Il n'eft pas poffible.

J U L L E R.

Je n'ai point d'orgueil ; mais je ne vois point
qu'il y ait tant à fe récrier.

N E R V I L L E.

Quoi, elle ne t'a point fait rougir ! Je me ferois trompé !

J U L L E R.

Tu es bien né pour l'être.

N E R V I L L E.

Et pour détefter la perfidie ... Si Madame Merval a pu trahir fon Epoux , je ne réponds plus

d'aucune femme. Je ne veux plus former aucun nœud, puifque les plus faints font violés. Je les brife tous. Je ne crois plus à l'amitié, à l'honneur, à rien fur la terre... Tout cela me jette dans une mifantropie... Autant n'être plus au monde. Où s'eft donc réfugiée cette probité, cette candeur qui fait le charme de la fociété... Tout eft perverti ; pas un cœur, peut-on y penfer fans frémir, qui ne recele la trahifon !

J u l l e r.

Encore des déclamations ? Du moins ne vas point faire foupçonner... Je veux bien te confier le petit arrangement que nous avons fait enfemble. Pour mieux tromper l'œil d'autrui, nous fommes convenus qu'elle feroit des careffes en public à fon Epoux ; (car je lui ai enjoint d'abord de fe raccommoder avec lui.) il eft arrêté enfuite que nous paroîtrons d'une froideur extrême : quand je dis extrême, je veux dire raifonnée, fauf à nous en dédommager... Enfin, nous devons jouer un rôle fort comique & qui te furprendra dans quelques momens.

N e r v i l l e.

Quoi, ce feroit elle qui fe prêteroit à cet artifice !... La fœur de celle... (*avec fureur.*) Garde-toi... N'infulte pas...

SCENE IX.

Madame MERVAL, JULLER, NERVILLE, Mademoiselle CORBELLE, (*portant le petit Merval entre ses bras.*)

Mlle CORBELLE, (*avec une vivacité joyeuse.*)

CACHONS à notre tour notre conquête.... Je l'ai enfin emporté après m'être mise en embuscade... Il est à moi... barricadons les portes... qu'il n'entre pas... Vengeons-nous.

Le petit MERVAL.

Chere Tante ! laissez entrer le cher Papa.... Savez-vous bien que c'est lui qui m'a amené ici.

Mme MERVAL.

Je te revois, mon cher fils ! ... Que je baise encore ce front aimable où je démêle déjà les traits d'un Epoux... Ah ! pourquoi t'a ton éloigné d'une mere qui mettoit ses plus cheres délices à veiller sur ton enfance : reste avec moi, mon fils, reste avec moi ; nous ne sommes point faits pour être séparés.

Le petit MERVAL.

Nous ne le ferons plus, Maman ; le cher Papa me l'a tantôt promis.

SCENE X.

LES ACTEURS PRÉCÉDENS, MERVAL,
(*entrant tout à-coup.*)

OUI, oui, je l'ai promis & je tiendrai parole...
Ah! ah! vous me l'avez volé, mais je le réclame.

Mme MERVAL, (*prenant son fils avec transport &
le présentant à son Epoux.*)

Mon fils! rends-moi le cœur de ton pere!

MERVAL, (*recevant son fils & le baisant.*)

Eh! c'est moi qui voulois te le présenter, pour
qu'il fît notre paix.

Mme MERVAL, (*tombant en larmes dans les
bras de son Epoux.*)

Elle est faite, elle est faite!.. En embrassant le
fils, ne songez plus qu'à la tendresse de sa mere.

MERVAL, (*essuyant une larme.*)

Nous avons eu tort tous deux, lorsque nous
avons cru que nous ne nous aimions plus.

Mlle CORBELLE, (*soulevant l'enfant qui
baise à-la-fois le pere & la mere.*)

Tenez, tant qu'il sera ainsi entre vous deux,
c'est lui qui vous commandera de bien vous aimer.
(*Posant l'enfant à terre, & serrant sa sœur entre ses
bras.*) Ah! chere sœur, quel moment pour mon
cœur, & comme il goûte ta joie!

Mme MERVAL, (*avec dignité à Juller.*)

Monfieur Juller, foyez témoin d'une réconciliation auffi parfaite que nos cœurs pouvoient la
defirer. Je retrouve mon Epoux tel que je l'ai
toujours connu. Félicitez - moi ; voyez cet enfant
qui ne fortira plus de deffous nos regards. Affurez-
vous d'après notre exemple qu'il n'eft rien de plus
refpeîtable que l'union conjugale, comme il n'eft
rien de plus cher à nos cœurs.

JULLER, (*troublé.*)

Madame, je fuis très-charmé, & vous pouvez
croire . . .

MERVAL, (*à Juller.*)

C'eft vous qui m'aviez confeillé de le mettre en
penfion chez ce maudit Pédagogue. L'ennuyeux
perfonnage ! Sa phifionomie feule dégoûteroit de
la fcience. J'étois tombé d'accord féduit par vos
longs raifonnemens. Je l'avois ôté à fa mere pcur
le donner à un homme qui enfeigne tout ce qu'il
ne fait pas. Mais depuis un an qu'il n'étoit plus ici,
il fembloit qu'il fe fût mis une malédiction dans
notre ménage. Nous ne favions plus de quoi nous
amufer l'un & l'autre. Madame vouloit ceci, Monfieur vouloit cela ; c'étoit chaque jour de nouvelles contrariétés . . . . Oh ! j'ai remis les chofes fur
l'ancien pied, & tout n'en ira que mieux : (*prenant fon fils par le menton.*) ce fera- là le point de
ralliement. (*A Madame Merval.*) Ma femme, je
te laiffe ; tu l'éléveras à ta mode. Il a fept ans paffés, je te le confie jufqu'à dix, après quoi je m'en
charge. Nous verrons . . . Mais point de College ;

l'inſtruction domeſtique eſt plus générale , plus touchante & vaut mieux , ſans doute. Dans les Colléges, il eſt un danger preſque inévitable pour les mœurs. Et où peut-il en recevoir de meilleures qu'ici ? (*A Juller.*) Je ſais bien que vous m'allez répéter tout ce que vous m'avez dit là-deſſus cent fois. Vous avez une éloquence terrible ; mais ſur cet objet je n'en croirai que ma logique. J'agirai d'après elle , s'il vous plaît.

JULLER.

Agiſſez , Monſieur , agiſſez à votre gré ; mais pourquoi me compromettre . . .

MERVAL.

Oh! je ne dis rien. . . . Vous êtes mon ami , après ma femme , s'entend ; mais puiſque je ſuis en train , je vous prie de ne vous mêler en aucune façon de nos affaires domeſtiques. Je ne vous demanderai plus de conſeils qu'en fait de plaiſirs. Ce nouveau langage vous étonne ; mais j'y ai réfléchi, & encore un coup, j'ai mes raiſons.

Mme MERVAL.

Tant que nous ſerons unis , cher Merval , je défie le ſort de nous porter de ſenſibles atteintes. Monſieur Juller nous a entendus ; il ſait ce qu'il a à faire , & je le crois trop poli , trop verſé dans l'uſage du monde , pour ne pas condeſcendre à nos prieres.

JULLER.

Je me ſuis toujours fait une loi de régler mes volontés ſur vos deſirs, Madame. . . . .

NERVILLE, (*à Juller.*)

Tu me parois bien mal à ton aife ; c'eft pour la premiere fois que je te vois dans l'embarras.

JULLER, (*à voix baffe.*)

Laiffe - moi faire mon rôle ; elle fait le fien à ravir.

NERVILLE, (*à demi-voix.*)

Quel rôle !.. Si j'en fuis le fpectateur indifférent, j'en deviens le complice..

JULLER.

Tais-toi.

NERVILLE, (*haut.*)

Non, voilà trop longtems que je combats ; c'eft mon cœur que je confulte.

JULLER.

Encore une fois.

NERVILLE.

L'honneur me dicte en ce moment ce que je dois faire, & je n'écoute plus d'autre voix.

MERVAL, (*étonné.*)

Que veut-il dire ?

NERVILLE.

Ce n'eft point violer un fecret ; c'eft rendre un hommage indifpenfable à la vérité ; c'eft honorer la vertu ; c'eft démafquer & flétrir le vice.

J U L L E R, (*courroucé.*)

Eh que prétends-tu ?

N E R V I L L E, (*à Merval.*)

Monfieur Merval, donnez-moi la main ; je la ferre, & ce n'eft point pour vous trahir. Vous êtes un homme que j'eftime, & je fouffre trop en ce moment pour vous : voici la plus perfide des femmes, ou le plus infâme des hommes. Choififfez.

M E R V A L.

Nerville, tu m'interdis ; je ne comprens point...

Mme M E R V A L.

Dans quelle furprife !

N E R V I L L E, (*en montrant Juller.*)

Il eft un calomniateur abominable, ou vous êtes . . . (*s'inclinant devant Madame Merval.*) Pardonnez ; ce n'eft pas vous qui portez fur le front l'empreinte du crime. Mais toi, dont le regard traître & fombre femble vouloir me dévorer ; toi, dont la bouche infolente a ofé flétrir la vertu la plus pure, tombe à fes pieds, demande - lui grace, avoue le plus noir menfonge...

J U L L E R.

Que fignifie cette incartade provinciale ? Es-tu fou ?

N E R V I L L E.

Tu baiffes les yeux malgré ton impudence ordinaire. Tu n'ofes me regarder en face. Je lis fur ton front la pâle contenance de la rage . . . Je la brave.

JULLER.

Ma vengeance ne tardera pas ; mais je fais le
tems & le lieu où je dois l'accomplir. (*Il fort.*)

NERVILLE.

Je ne crains point ton épée ; elle eft de la même
trempe que ton cœur.

SCENE XI.

MERVAL, Madame MERVAL, Mademoifelle
CORBELLE, NERVILLE.

MERVAL.

JE demeure ftupéfait . . . Je n'ai pu dire encore
un feul mot. Quoi ! il auroit calomnié ma femme ?

NERVILLE.

Je n'ai pu dompter le mouvement d'indignation
que m'ont infpiré fon audace & fa fauffeté.

M.ᵐᵉ MERVAL.

Je le connoiffois vil , mais je ne foupçonnois
pas qu'il dût pouffer·l'infolence jufqu'à ce point ;
le vice , je le vois , ne connoît point de bornes.
(*A Merval.*) Je m'étois contentée de lui interdire
cette maifon , & tel eft le fens des dernieres paroles que je lui ai adreffées.

MERVAL.

Que d'horreurs ! Et moi , féduit par la facilité

de mon caractere , j'étois la dupe de cet efprit captieux...

Mlle C O R B E L L E.

Nerville , je fuis contente de vous , & vous ve-nez de gagner mon cœur en vous montrant l'en-nemi d'un homme de mœurs auffi dangereufes. Je lui préparois une fcene terrible ; mais vous m'a-vez prévenue. Cette juftice que vous avez ren-due à ma fœur , ce courage , cette fermeté , ce courroux , cette indignation profonde , tout m'en-gage à vous en donner la récompenfe....Voici ma main. Il ne tiendra plus à moi qu'elle ne vous foit affurée pour toute la vie.

N E R V I L L E , (*lui baifant la main.*)

O bonheur précieux ! Il fera toujours préfent à mon cœur ...

Mlle C O R B E L L E.

Si tout le monde prenoit une réfolution auffi forte , auffi décidée , la fociété fe feroit juftice à elle - même des monftres qu'elle tolere dans fon fein.

M E R V A L , (*embraffant Nerville.*)

Ah ! j'applaudis de grand cœur à cette union ; & je fuis prêt, comme ma femme , à en pleurer de joie.

Mlle C O R B E L L E.

Rentrons , ma chere fœur , rentrons ; & fi vous m'en croyez , fermons notre porte à ces hommes ſcandaleux qui affichent le célibat & ne cherchent qu'à corrompre les mœurs les plus pures des ſociétés, en violant les vertus qui en font le charme & l'honneur.

FIN.

APPROBATION.

J'AI lu par ordre de Monſeigneur le Chancelier, *le faux Ami*, Drame en trois Actes & en proſe; & je n'y ai rien trouvé qui m'ait paru devoir en empêcher l'impreſſion. A Paris, ce 23 Octobre 1771.

CRÉBILLON.

On trouve chez le même Libraire :

Jenneval, ou le Barnevelt François, Drame en cinq actes, 2 liv. 8 ſols.

Le Déſerteur, Drame en cinq actes, 2 liv. 8 ſols.

Olinde & Sophronie, Drame en cinq actes, 2 liv. 8 ſols.

L'Indigent, Drame en quatre actes, 2 liv. 8 ſols.